TRISTAN CORBIÈRE

LES AMOURS JAUNES

ÇA — LES AMOURS JAUNES — RACCROCS
SÉRÉNADES DES SÉRÉNADES
ARMOR — LES GENS DE MER
RONDELS POUR APRÈS

Préface de CHARLES LE GOFFIC

ÉDITION DÉFINITIVE

PARIS
ALBERT MESSEIN, ÉDITEUR
19, QUAI SAINT-MICHEL, 19
—
1926

LES
AMOURS JAUNES

TRISTAN CORBIÈRE

LES AMOURS JAUNES

ÇA — LES AMOURS JAUNES — RACCROCS
SÉRÉNADE DES SÉRÉNADES — ARMOR
LES GENS DE MER
RONDELS POUR APRÈS — *APPENDICE*

Préface de CHARLES LE GOFFIC

Édition définitive

PARIS
ALBERT MESSEIN, ÉDITEUR
SUCCESSEUR DE LÉON VANIER
19, QUAI SAINT-MICHEL, 19
1926

A L'AUTEUR DU NÉGRIER

T. C.

TRISTAN CORBIERE

Le 1er mars 1875, dans la trentième année de son âge, s'éteignait à Morlaix un pauvre être falot, rongé de phtisie, perclus de rhumatismes et si long et si maigre et si jaune que les marins bretons, ses amis, l'avaient baptisé *an Ankou* (la Mort).

Il portait à l'état-civil le nom prédestiné de Corbière : une « corbière », c'est, dans la langue maritime, le liseré de côtes sur lequel s'exerçe la surveillance des douaniers et qui est hanté par la contrebande et la quête des épaves. Poète, il garda le nom, mais remplaça ses prénoms (Edouard-Joachim) par celui de Tristan, peut-être en souvenir de ce Tristan de Léonois qui fut la première et la plus illustre victime des fatalités de la passion, peut-être pour obéir à la mode romantique des prénoms moyenâgeux, peut-être pour se moquer de lui-même et de sa figure d'enterrement, peut-être pour toutes ces raisons à la fois. Et, par bravade ou par sympathie, il donna le même nom à son chien, le plus crotté des barbets d'Armorique. Ils n'allaient jamais l'un sans l'autre. On n'a pas encore oublié les deux Tristan à Roscoff, où se déroulèrent, de 1866 à 1872, les plus palpitants chapitres de leur carrière accidentée. La famille Corbière possédait dans ce « trou de flibustiers », près de l'église italienne de Notre-Dame de Croaz-Batz, une vieille maison du XVIe siècle qu'elle avait aménagée en villa pour ses résidences d'été ; son arrivée mettait régulièrement en fuite les deux fantoches qui, plutôt que de se plier à la régularité d'une existence bourgeoise, préféraient s'accommoder d'un simple hamac chez un pêcheur du voisinage. En automne seulement, au départ de ses hôtes, ils réintégraient la villa familiale. Tristan Corbière prenait possession du salon et y remisait son canot, dont il faisait son lit ; Tristan le chien couchait à l'avant, dans une manne à poissons !

Ces excentricités — et d'autres moins innocentes — valurent rapidement à leur auteur une manière de célébrité locale, d'assez mauvais aloi d'ailleurs.

Transportées à Paris, elles n'intéressèrent que quelques artistes amis du pittoresque et, quand Tristan Corbière, dans les derniers mois de 1873, s'avisa de publier chez les frères Glady son premier et unique recueil de vers, les *Amours Jaunes*, le livre, malgré le tire-l'œil du titre, passa totalement inaperçu. Corbière mourut peu après ; les Glady déposèrent leur bilan et tout parut consommé : le soleil des morts fut seul à se pencher, pendant huit longues années, sur cette ombre douloureuse et grimaçante comme les gargouilles de nos cathédrales. Il est fort possible, en effet, et j'en croirais volontiers M. Luce et M. Paterne Berrichon, qu'un exemplaire des *Amours Jaunes*, découvert sur les quais par le dessinateur-poète Parisel, ait été communiqué d'assez bonne heure aux « Vivants », le cénacle poétique fondé en 1875 par Jean Richepin, Raoul Ponchon, et Maurice Bouchor. Mais il faut donc que les membres du cénacle aient gardé jalousement pour eux cette révélation, car il n'en transpira rien dans le public jusqu'en 1883. C'est seulement à la fin de cette année-là que Pol Kalig, pseudonyme du Dr Chenantais, cousin et ami de Corbière, parla des *Amours Jaunes* à M. Léo Trézenic, lequel dirigeait, avec Charles Morice, une petite revue d'avant-garde nommée *Lutèce* où Verlaine collaborait. On sait le reste et comment Verlaine, à qui Morice et Trézenic avaient porté l'exemplaire prêté par Pol Kalig, le lut, s'enflamma et rédigea, séance tenante, l'étude fameuse qui ouvre sa série des *Poètes maudits* (1) :

« Tristan Corbière fut un Breton, un marin et le dédaigneux par excellence, *æs triplex*... Comme rimeur et comme prosodiste il n'a rien d'impeccable, c'est-à-dire d'assommant... Son vers vit, rit, pleure très peu, se moque bien et blague encore mieux. Amer d'ailleurs et salé comme son cher Océan, nullement berceur ainsi qu'il arrive parfois à ce turbulent ami, mais roulant comme lui des rayons de soleil, de lumière et d'étoiles, dans la phosphorescence d'une houle et de vagues enragées !... Il devint Parisien un instant, mais sans le sale esprit mesquin : de la bile et de la fièvre s'exaspérant en génie et jusqu'à quelle gaieté !..... »

(1) Cf. PAUL VERLAINE, *Les Poètes maudits* (*Tristan Corbière, Arthur Rimbaud, Stéphane Mallarmé, Marceline Desbordes-Valmore, Villiers de l'Isle-Adam, Pauvre Lélian*) Messein, édit.

Suivaient quelques citations : *Rescousse*, *Epitaphe*, etc.

« Du reste, ajoutait Verlaine — qui donnait cependant et avec raison la préférence au Corbière marin et breton sur le Corbière parisien, — il faudrait citer toute cette partie du volume, et tout le volume, ou plutôt il faudrait rééditer cette œuvre unique, les *Amours Jaunes*, parue en 1873, aujourd'hui introuvable ou presque, où Villon et Piron se complairaient à voir un rival souvent heureux, — et les plus illustres d'entre les vrais poètes contemporains un maître à leur taille, au moins ! »

I

Sept ans devaient s'écouler avant qu'un éditeur se rendît à la sommation du « pauvre Lélian ». La gloire de Corbière, en 1891, avait pourtant commencé d'émerger à la lumière des vivants, mais ce n'était encore qu'une gloire de cénacle. Le public et l'Académie l'ignoraient. Catulle Mendès, l'éternel pasticheur dont Corbière dérangeait les ambitions rétrospectives et qui travaillait à se donner pour un précurseur du symbolisme, lui contestait — ainsi qu'à Rimbaud d'ailleurs — toute influence sur la nouvelle génération poétique et l'appelait un « Pierre Dupont bassement transposé, vilainement parodié ». Mais Charles Morice, Jules Laforgue, Gustave Geffroy, Léon Bloy, Jean Ajalbert, Sutter-Laumann, Olivier de Gourcuff, d'autres que j'oublie, se rangeaient à l'opinion de Verlaine et parlaient de Corbière avec la plus sincère admiration.

Sans doute, ils n'acceptaient pas tout du poète ; ils faisaient certaines réserves sur sa syntaxe vacillante, le dégingandement de sa prosodie, l'outrance de son dandysme baudelairien. « Pas de métier », disait Laforgue. Et le des Esseintes de Huysmans s'exprimait plus librement encore sur ces *Amours Jaunes*, « où le cocasse se mêlait à une énergie désordonnée, où des vers déconcertants éclataient dans des poèmes d'une parfaite obscurité... L'auteur parlait nègre... affectait une gouaillerie, se livrait à des quolibets de commis-voyageur ; puis, tout à coup, dans ce fouillis, se tortillaient des concetti falots, des minauderies interlopes, et soudain jaillissait un cri de douleur aigue, comme une corde de violoncelle qui se brise... »

Jugement assez dur pour Corbière, au premier abord. Prenez garde cependant que, sous sa phraséologie impressionniste, il lui accorde tout l'essentiel, la spontanéité, l'énergie, la beauté du cri ; ses fortes restrictions ne surprennent que par comparaison avec le long dithyrambe de Verlaine, dont il est contemporain, ce qui le fait antérieur de plusieurs années à la réédition de 1891. Et c'est ce jugement un peu trouble, dont on ne peut pas dire qu'il soit complètement injuste, ni qu'il soit complètement équitable, parce qu'il est beaucoup trop général, qui ralliera la plupart des lettres et le public lui-même, admis enfin à pénétrer dans l'œuvre du poète autrement que par des citations habilement choisies. L'un des hommes qui, avec le moins de dispositions indulgentes, ont le mieux et et le plus profondément parlé de Corbière depuis qu'il nous a été restitué, M. Rémy de Gourmont, écrira, par exemple, que son « talent » est un composé d'esprit vantard, de blague impudente et d'à-coups de génie. Le génie est-il donc monnaie si courante qu'on ait le droit d'en faire fi, même à l'état d'alliage ? Mais la vérité, je crois, est qu'il importe de distinguer dans l'œuvre de Corbière et que l'incertitude de la critique sur la valeur de cette œuvre vient en grande partie de ce qu'elle a confondu des choses très différentes d'inspiration et d'accent.

II

Le recueil de Corbière comprend sept groupes de pièces qu'on pourrait aisément ramener à deux : dans le premier groupe on rangerait les pièces sentimentales, gouailleuses et généralement parisiennes (*A Marcelle*, *les Amours Jaunes*, — qui ont donné leur nom au recueil, — *Rondels pour après*) ou exotiques (*Sérénade des Sérénades* et *Raccrocs*) ; dans le second groupe, les pièces bretonnes et maritimes (*Armor* et *Gens de mer*).

Il est très rare que ces divisions empiètent les unes sur les autres. *Le Poète contumace*, par exemple, qui termine *les Amours Jaunes*, se passe « sur la côte d'Armor », mais son lyrisme tout intime le classe parmi les pièces du premier groupe. C'est d'ailleurs — avec des trous et les inévitables coq à l'âne — une des plus belles pièces de cette série qui en contient tant de déconcertantes et, pourquoi ne pas dire le mot, de franchement insupportables. Pour *les Amours Jaunes*, comme pour *Sérénade*, *Raccrocs*, etc., le verdict de Huysmans, aggravé par M. de Gourmont, serait parfaitement acceptable en somme, s'il faisait la part plus large aux beautés de premier ordre qui étincellent dans « ce fouillis ». Du petit nègre ? Ma foi oui, ou presque. La phrase s'achoppe à tout instant ou, prodigieusement elliptique, emportée dans un vent de folie, n'est plus qu'une ruée de syllabes quelconques. On s'y perd, et l'auteur n'est peut-être pas logé à meilleures enseignes que son lecteur. Il y a chez lui un besoin visible de l'ahurir et peut-être de s'étourdir lui-même. Un cliquetis perpétuel d'antithèses, les alliances de mots les plus baroques, du charabia romantique et de l'argot de barrière, des blasphèmes et des calembours, des pirouettes et des génuflexions, que ne trouve-t-on pas dans cette première partie du recueil ?

Que n'y trouve-t-on pas en effet ? Ecoutez ceci, qui est la finale d'un sonnet « espagnol » intitulé *Heures* :

J'entends comme un bruit de crécelle :
C'est la male heure qui m'appelle.
Dans le creux des nuits tombe un glas, deux glas.

J'ai compté plus de quatorze heures.
L'heure est une larme. — Tu pleures,
Mon cœur ?... Chante encor, va ! Ne compte pas.

C'est du Verlaine tout simplement et du meilleur — et c'est du Verlaine d'avant Verlaine. Quand Corbière écrit : « Il pleut dans mon foyer ; il pleut dans mon cœur », cela ne vaut pas sans doute le délicieux, l'inoubliable andante :

Il pleure dans mon cœur
Comme il pleut sur la ville...

Et cependant, plus que l'octosyllabe de Rimbaud qui leur sert d'épigraphe, le pauvre vers boiteux des *Amours Jaunes* ne fait-il pas songer à ses frères ailés des *Romances sans paroles* ?... (1).

Il ne faut pas s'exagérer sans doute l'influence de Corbière sur Verlaine. Il ne faut pas davantage la contester : par tout un côté de son génie étrange et maladif, Corbière a certainement retenti sur Ver-

(1) Simple rencontre, d'ailleurs, puisqu'à l'époque des *Romances sans paroles* Verlaine ne connaissait pas Corbière, mais qui montre, une fois de plus, l'affinité d'esprit des deux poètes.

laine en 1883, comme Rimbaud en 1871. Et il a retenti du même coup sur toute l'école décadente et symboliste. Tel lui a pris sa blague gamine ou féroce, — qui pouvait être d'essence baudelairienne, mais qui était bien quelquefois aussi du bel et bon esprit français, comme quand Corbière appelait Hugo « garde-national épique » ou quand il parodiait à la Banville, mais avec plus de gaieté véritable, de libre et naturel humour, les *Orientales* de l'ancêtre :

> N'es-tu pas dona Sabine ?
>   Carabine ?
> Dis : Veux-tu le paradis
> De l'Odéon ? Traversée
>   Insensée !
> On emporte des radis...

Et vous trouverez chez d'autres contemporains ses césures libertines, ses hiatus, ses élisions, son dédain des règles et, chez les meilleurs, ses langueurs de rythme, ses assonances mystérieuses, ses phrases brusques, frissonnantes et sans liaison immédiatement sensible, même son vocabulaire personnel qui a fourni au symbolisme ce verbe *plangorer*, emprunté de la vieille souche latine et si beau et si large qu'on peut regretter qu'il n'ait pas survécu... Refuser tout métier à Corbière, comme le fait Laforgue, est une pure plaisanterie, et il aurait fallu convenir d'abord du sens qu'on donne au mot métier. Corbière avait lu les romantiques, Musset surtout et sans doute Baudelaire. On peut croire cependant que, dans sa lointaine province, les parnassiens n'avaient pas pénétré. Mais eût-il été homme à se plier au joug de leur étroite discipline ? Ce qui est vrai, c'est qu'assez fréquemment son vers excède ou ne remplit pas la mesure. Examinez-le d'un peu près : vous verrez que c'est seulement quand il contient une diphtongue. On croirait que, par esprit de contradiction, Corbière pratique la diérèse partout où les autres poètes se l'interdisent (à l'exception de Musset, qui n'était pas un très bon modèle à suivre sur ce point) et, réciproquement, qu'il fait exprès de se l'interdire là où ils se la permettent. C'est ainsi qu'il compte *papi-ers*, *fi-èvre*, *mili-eu*, *pi-erre* pour trois syllabes, *nu-it*, *ci-el*, *pi-ed* pour deux, et qu'en retour, dans *tué*, *fiancé*, *diamant*, *muet*, *viatique*, *harmonieux*, il compte la diphtongue pour une seule syllabe. Cette libre arithmétique dut fort choquer les Parnassiens, gens méticuleux, qui pesaient les diphtongues au trébuchet : nous en avons vu bien d'autres depuis Corbière, et il serait peut-être excessif de continuer à lui faire grief d'une liberté que tout le monde s'arroge aujourd'hui.

Car c'est à quoi se réduit son prétendu manque de métier (1). Les quelques élisions qu'on rencontre dans son œuvre (*sans voir s'elle était blonde*), les suppressions de pronoms (*vais m'en aller*, *fut quelqu'un ou quelque chose*), même les accrocs à la règle de l'alternance des rimes ne peuvent décemment lui être imputés pour des négligences et sont parfaitement prémédités. Corbière rompait là, délibérément, avec la prosodie romantique pour en adopter une autre, plus proche de sa nature, plus répondante à ses secrets instincts, et qui était la prosodie même des chansons populaires. Il est tout imprégné de cette poésie primitive, rondes, berceuses et complaintes, qui, à chaque instant, comme une bulle légère, remonte à la surface de son inspiration. Et cela encore, en 1873, était une nou-

(1) Voir à l'*Appendice* les variantes de certaines pièces. Preuve que cet impulsif ne rimait pas toujours au hasard.

veauté. Et c'en était peut-être une autre, malgré *la Bonne Chanson*, que l'étrangeté et le trouble de l'émotion sensuelle, traduits en des rythmes d'une si extraordinaire fluidité :

> Il fait noir, enfant, voleur d'étincelles !
> Il n'est plus de nuits ; il n'est plus de jours.
> Dors, en attendant venir toutes celles
> Qui disaient : jamais ! qui disaient : toujours !...
>
> *Buona vespre* ! Dors. Ton bout de cierge,
> On l'a posé là, puis on est parti.
> Tu n'auras pas peur seul, pauvre petit ?
> C'est le chandelier de ton lit d'auberge...

Poésie de clair-obscur, chuchotée plus que chantée, si musicale cependant, pleine de lointaines résonnances, de prolongements mystérieux, expression d'un état d'âme inconnu de la génération parnasienne et qui allait devenir celui de la génération de 1884. Elle ne durait pas ; ce n'était qu'une rose dans les ténèbres, comme dit quelque part un personnage de Mœterlinck. Oui sans doute. et le démon du poète, son besoin morbide d'effarer le bourgeois, peut-être tout simplement sa peur du ridicule, étouffaient presque tout de suite ces adorables préludes de viole. Un vertige l'emportait. Il redevenait la proie des mots. Et il assistait, témoin impuissant, mais lucide, aux convulsions de son misérable génie :

> Va donc, balancier soûl affolé dans ma tête...
> Je parle sous moi...

L'effroyable aveu, quand on y songe! Et n'avons-nous pas prononcé un peu vite tout à l'heure ? N'y a-t-il en effet que dandysme et affectation dans le « cas » de Tristan Corbière ? Vraiment on hésite et l'on a le droit d'hésiter, quand on connaît l'homme, déséquilibré de génie, incapable d'accorder les contradictions de sa nature, mais non de les analyser et celui de nos poètes qui, après Baudelaire, a porté peut-être sur lui-même le coup d'œil le plus aigu.

III

Il était né, le 18 juillet 1845, dans la banlieue de Morlaix, à Coatcongar (1), domaine noble tombé

(1) « Coatcongar, m'écrit l'érudit morlaisien Louis Le Guennec, est une très vieille terre. Un Jean de Coatcongar est cité parmi les nobles de Ploujean à la réformation de 1427 ; son fils Hervé comparaît en 1455 dans la réformation des bornes de la ville de Morlaix. Yvon de Coatcongar, ar-

en roture, et dont il ne reste que d'admirables futaies et un beau puits de la Renaissance aux colonnes doriques recoupées. Ses parents appartenaient à la meilleure bourgeoisie morlaisienne. Tour à tour corsaire, journaliste, combattant de juillet, romancier et négociant, Edouard Corbière — Corbière l'ancien, comme l'appelle M. Marti-

cher à deux chevaux à la montre de 1481, prit part au complot anglo-breton de 1492 dont M. de la Borderie a raconté la curieuse histoire dans les *Mémoires de la Société des Bibliophiles bretons*. Il fut arrêté et enfermé à la Bastille en même temps que son ami et complice Nicolas Coatanlem, le futur constructeur de *la Cordelière*. On le relâcha après 4 ou 5 mois d'emprisonnement. Au XVIe siècle,la famille de Coatcongar se fondit dans les Le Chevoir de Coatélant, éteints eux-mêmes en la personne de Marie Le Chevoir, dame de Coatélant, Trébriant, Coatcongar etc.,que Fontenelle enleva en 1595, au manoir de Mézarnou en Plounéventer (elle y habitait avec sa mère, remariée à Hervé Parcevaux, Sieur de Mézarnou) et dont il fit sa femme. J'ai vu aux Archives départementales de Saint-Brieuc un acte où Fontenelle se qualifie de Sr de Coatcongar, entre autres terres. Après sa mort et celle de sa femme, les héritiers de celle-ci vendirent Coatcongar à un bourgeois morlaisien, Al xandre Toulcoet de Launay. Il appartint ensuite aux Lesquélen et aux Calloët. Après la mort, à Coatcongar, en 1744, de Gabriel Calloët, Sieur de Villeblanche, capitaine des milices de la paroisse de Ploujean, le manoir passa à son

neau (1) — avait épousé en 1844, à près de cinquante ans, une jeune fille de dix-huit ans, Marie-Angélique-Aspasie-Puyo. On a vu des mariages plus disproportionnés et dont les fruits n'avaient rien d'amer. C'est à cette disproportion d'âges cependant que Tristan Corbière attribuait sa disgrâce physique et les terribles crises de rhumatisme articulaire qui le déformèrent dès l'âge de seize ans. Il avait été jusque-là un enfant très normal et même presque joli — autant qu'on en peut juger du moins par une photographie de l'époque qui le représente en costume de lycéen : la maladie en fit une pauvre caricature d'homme, l'espèce d'*Ankou*, de spectre ambulant dont se moquaient les Roscovites et qui, par bravade, put

neveu, M. de Kergadiou de Trémobian. A l'époque de la Révolution, il était au marquis de la Maisonfort, d'origine bourguignonne et officier de marine. Vendu probablement comme bien national et rebâti vers 1850, Coatcongar fut acquis par les Le Bris qui le possèdent encore. Un Le Bris avait épousé une demoiselle Puyo, sœur de Mme Corbière. C'est chez elle que la mère de Tristan fit ses couches. »

(1) Cf. René Martineau, *Tristan Corbière, essai de biographie et de bibliographie* (édit. du *Mercure de France*).

bien se draper dans sa déchéance, mais non la pardonner complètement à ses auteurs réels ou supposés. Tout le caractère et l'œuvre elle-même de Corbière, où tant d'ironie tapageuse est mêlée à tant d'amertume secrète, s'expliquent par une rancune de paria. Aux premières atteintes du mal, sa mère l'avait conduit dans le Midi. Mais la lumière effarouchait ce maigre oiseau des brumes, et la Bretagne, d'ailleurs, n'a-t-elle pas, aux portes mêmes de Morlaix, l'équivalent des stations méridionales les plus tempérées ? Sur les conseils d'un médecin de la famille, Roscoff fut substitué à Cannes, et Tristan n'en bougea plus jusqu'en 1868. Il prenait ses repas chez un restaurateur de la localité, M. Le Gad, qui vit encore et qui lui a gardé le plus indulgent souvenir ; des artistes, Hamon, Michel Bouquet, Besnard, Charles Jacque, Louis Noir, fréquentaient en été la pension Le Gad. Tristan les amusa par son humeur fantasque et un talent de caricaturiste qui, à s'en référer aux quelques spécimens dont nous avons pu prendre connaissance, notamment au portrait d'un capitaine *blohaic'h* (morbihannais), peint sur panneau et conservé chez M. Le Gad, n'était pas sans analogie avec la manière large de Daumier (1).

C'est à l'instigation d'un de ces artistes, breton comme lui, le peintre pompéien Jean-Louis Hamon, que Tristan, à la fin de 1868, s'embarqua pour l'Italie, visita Gênes, Rome, Capri, Naples, Palerme et poussa peut-être jusqu'à Jérusalem. (2) Mais il ne semble pas que la séduction des pays du soleil se soit davantage exercée sur lui en 1868 qu'en 1863. On dit qu'à Naples, costumé en mendiant breton, la vielle en sautoir, il demandait l'aumône par les rues. Farce de rapin qui faillit lui coûter cher, cette tentative de concurrence à l'in-

(1) M. Martineau observe justement que plusieurs des Puyo, de qui descendait Tristan par sa mère, furent des artistes distingués. Edouard Puyo, entre autres, oncle du poète, collabora aux journaux illustrés de Paris ; son frère Edmond est conservateur du musée de Morlaix. Corbière, en prenant la même voie que ses deux oncles, n'obéissait donc pas à un simple caprice, mais à une vocation héréditaire. Et d'ailleurs, chez lui, le poète s'est toujours souvenu du peintre. Ajoutons que le portrait-charge qui « décorait » le frontispice de la première édition des *Amours Jaunes*, fut exécuté par l'auteur pour les frères Glady.

(2) *Bohème de chic* porte en effet la mention : « Jérusalem-Octobre ». Reste à savoir si cette mention, comme tant d'autres, n'est pas une simple mystification de l'auteur

dustrie nationale de la mendicité n'ayant que médiocrement séduit le lazzaronisme indigène ! Nous ne la rapportons ici qu'à titre de document et parce qu'elle fait éclater une fois de plus ce goût maladif de la charge qui n'était peut-être, chez Corbière, qu'une forme de sa détresse intime devant la magnificence de l'univers. « Je suis si laid! » gémira-t-il dans *les Amours Jaunes.* Les René et les Obermann, dont on a voulu le rapprocher, n'ont souffert que dans les parties nobles de leur être. C'étaient des âmes « en exil » dans des corps parfaitement constitués. Chez Corbière, au contraire, c'est l'être tout entier, corps et âme, qui souffre de son esseulement ; sa détresse morale est le réflexe de sa détresse physique. Elle n'a rien d'intellectuel — ni d'imaginaire. En est-elle moins humaine ? Je n'excuse pas Corbière ; je goûte peu sa parodie sacrilège de l'Italie romantique(*Raccrocs*). Artiste et poète, il aurait dû sympathiser doublement avec l'Italie sans épithète : il n'en sentit ou n'en voulut sentir, par une infirmité de sa nature, que les ridicules, la pouillerie et l'emphase, qui lui cachèrent le visage immortel de la déesse. Et, plus féru que jamais de solitude, de ciel gris et de grand vent, il retourna s'enfermer dans son « trou de flibustiers ».

IV

Trou de flibusti-ers, vieux nid
A corsaire, — dans la tourmente
Dors ton bon somme de granit
Sur tes caves que le flot hante...

Ton pied marin dans les brisans,
Dors : tu peux fermer ton œil borgne,
Ouvert sur le large et qui lorgne
Les Anglais depuis trois cents ans.

Dors, vieille coque bien ancrée :
Les margats et les cormorans,
Tes grands poètes d'ouragans,
Viendront chanter à la marée...

Quelle fougue et quel coloris ! Et quelle largeur d'expression ! Mais c'est la nouveauté du sentiment qu'il faut surtout remarquer ici : le railleur n'a pas désarmé chez Corbière ; il aura plus d'un retour offensif dans *Armor* comme dans *Gens de mer* ; mais la « vertu » bretonne a pourtant commencé d'opérer, et le ton de son ironie n'est plus le même ; en un mot, rien ne ressemble moins aux médiocres facéties de *Raccrocs* et de *Sérénade des*

Sérénades que « le grand pathétique amer (1) » de la *Rapsode foraine*, du *Bossu Bitor*, de *la Fin* ou de *la Pastorale de Conlie.* Qu'est-ce à dire, sinon que les ressources de la Viviane armoricaine, ses puissances de séduction, sont proprement infinies et que tel qui restera insensible à sa grâce ou à sa langueur ne résistera pas à sa rudesse ? *Ubique veneficium.* Corbière, si bien gardé qu'il se crût contre toute surprise, n'y résista pas plus que les autres.

Nul doute en effet qu'il n'ait senti profondément la poésie d'une certaine Bretagne au moins, de celle qui étend ses grands horizons mélancoliques à l'ouest de Roscoff, entre Sibiril et l'Aber-Vrac'h, et qui est la plus déshéritée des Bretagnes. Il lui annexa dans la suite quelques croupes pelées de *ménez* et la triste méotide de Sainte-Anne-la-Palud, avec son placitre grouillant de stropiats et d'ivrognes. Mais ses préférences le reportaient vers la « corbière » du Léon, plus âpre et mieux accordée à sa détresse intime. Pays plat et pauvre, hérissé de calvaires, sans arbres, sans moissons, pays des naufrageurs et des brûleurs de varech, des landes

(1) Expression de M. Léon Bloy.

crispées sous le vent du large, des cirques de sable pâle et ténu comme une poussière d'ossements, des rochers au pacage dans les dunes comme des troupeaux de mammouths... Et tout cela, qui était une Bretagne dure, rugueuse, déshabillée de ses grâces d'églogue, s'incrustait dans ses yeux profonds et sans indulgence, des yeux qui « voyaient trop » — pour nous changer peut-être de ceux qui ne voyaient pas assez. Aussi, l'heure venue, comme il la peindra au vif, cette Bretagne insoupçonnée des Chateaubriand et des Brizeux, comme il la campera sur son roc de misère, dans la grande immensité hostile, avec ses haillons, ses plaies, sa vermine et ses oremus !

C'est le Pardon. Liesse et mystères !
Déjà l'herbe rase a des poux...

Il faut lire toute la pièce (*la Rapsode foraine*) ou plutôt il faut la laisser se déployer devant soi. C'est le chef-d'œuvre du réalisme lyrique. Dans cette grande fresque barbare, violemment coloriée et d'une fougue d'exécution prodigieuse, tient à l'aise toute la Bretagne des pardons et des calvaires, celle qui chante et celle qui mendie, celle qui titube et celle qui s'agenouille et qui est la même parfois, à des heures différentes de la journée. L'orgie sacrée se déroule pendant quatorze pages, sur cinquante-neuf strophes de quatre vers. Et le miracle est qu'au milieu de cette sauvagerie éclosent par instants les plus délicieuses effusions mystiques, des stances d'une douceur et d'une beauté incomparables, comme ce fragment du *Cantique spirituel* à Sainte Anne :

Bâton des aveugles ! Béquille
Des vieilles ! Bras des nouveau-nés !
Mère de madame ta fille !
Parente des abandonnés !

O toi qui recouvrais la cendre,
Qui filais comme on fait chez nous,
Quand le soir venait à descendre,
Tenant l'ENFANT sur tes genoux !

Des croix profondes sont tes rides,
Tes cheveux sont blancs comme fils...
— Préserve des regards arides
Le berceau de nos petits-fils !

Fais venir et conserve en joie
Ceux à naître et ceux qui sont nés;
Et verse sans que Dieu te voie,
L'eau de tes yeux sur les damnés !

Reprends dans leur chemise blanche
Les petits qui sont en langueur ;
Rappelle *à l'éternel Dimanche*
Les vieux qui traînent en longueur...

Prends pitié de la fille-mère,
Du petit au bord du chemin :
Si quelqu'un leur jette la pierre,
Que la pierre se change en pain !...

Merveilleuses litanies ! Et que Verlaine avait raison d'évoquer le souvenir de Villon à propos de stances comme celles-là, qui n'ont d'analogue, dans notre littérature, que certaines octaves du *Grand Testament* ! Corbière ne s'est jamais élevé plus haut, même dans ses pièces maritimes. Et c'est ici qu'on commence d'apercevoir ce qu'avait de trop général la critique d'un Huysmans, déniant à l'auteur toute « capacité de réalisation » et ne lui accordant que des sursauts ou, comme M. de Gourmont dira, des à-coups de génie. Acceptable pour une partie de l'œuvre de Corbière, ce verdict ne l'est plus pour l'ensemble : Corbière s'est « réalisé » au moins une fois dans *la Rapsode foraine* et, quand il n'eût écrit que ce poème (le plus important des *Amours Jaunes*, remarquez-le), il mériterait encore de survivre. Mais il en a écrit d'autres qui le valent presque et, dans *Armor* même, *le Vieux Roscoff* et cette *Pastorale de Conlie* « dédiée à Maître Gambetta » et dont restera ineffaçablement marquée l'imbécile méfiance du tribun qui en 1870, par crainte d'un coup de force royaliste, immobilisa dans la boue une armée de 50.000 Bretons ; il a écrit *Matelots, Aurora, le Novice en partance, le Douanier, Lettre du Mexique, la Fin* surtout, cette réplique cinglante au Victor Hugo d'*Oceano Nox*, dont il n'est pas sûr, comme le disait Verlaine, qu'elle contient toute la mer, mais qui contient certainement toute l'âme orgueilleuse et nostalgique des marins — Corbière est le premier de nos poètes qui les ait compris, qui les ait fait penser et parler comme ils pensent et comme ils parlent, et c'est de lui que date leur entrée dans la poésie (1) :

(1) Comme c'est de son père, on l'oublie trop, que date leur entrée dans le roman maritime où triomphait alors Eugène Sue avec *la Salamandre, la Vigie de Koatwen* et autres « mateloteries » échevelées. *Le Négrier* (1832), la première et la meilleure des études maritimes d'Edouard Corbière, fut précisément écrit en réaction de cette littérature conventionnelle. Tristan Corbière, — la dédicace des *Amours Jaunes* en témoigne — goûtait fort l'œuvre paternelle, où il avait appris à connaître les marins et où l'on doit chercher les racines de son réalisme personnel.

Eh bien, tous ces marins — matelots, capitaines,
Dans leur grand Océan à jamais engloutis,
Partis insoucieux pour leurs courses lointaines,
Sont morts — absolument comme ils étaient partis...

Pas de fond de six pieds, ni rats de cimetière.
Eux ils vont aux requins ! L'âme d'un matelot,
Au lieu de suinter dans vos pommes de terre,
Respire à chaque flot...

Ecoutez, écoutez la tourmente qui beugle !...
C'est leur anniversaire. Il revient bien souvent.
O poète, gardez pour vous vos chants d'aveugle ;
— Eux : le *De profundis* que leur corne le vent.

... Qu'ils roulent infinis dans les espaces vierges !
Qu'ils roulent verts et nus,
Sans clous et sans sapin, sans couvercle, sans cierges...
— Laissez-les donc rouler, terriens parvenus !...

L'apostrophe est belle assurément. Je ne jurerais point que toute rhétorique en soit absente et je n'oserais point jurer le contraire non plus. Où commence la rhétorique et où finit-elle ? Et, chez Corbière, le sentiment de la mer était si profond ! Il avait vraiment pour elle des tendresses et presque une jalousie d'amant ; il veillait sur elle comme sur son bien. Passion trop explicable ! N'était-ce pas à la mer qu'il devait ses seules satisfactions d'amour-propre ? Ce pauvre déchet d'humanité, qui traînait sur la terre ferme avec des gaucheries d'échassier dont on a rogné les ailes, la mer en refaisait un homme et l'égal des plus robustes,un matelot « premier brin ». Verlaine parle des « prodiges d'imprudence folle » qu'il accomplissait sur son cotre *le Négrier*. Il n'y a rien là d'exagéré. Vingt fois il faillit couler dans les terribles chenaux de la côte léonarde ; il attendait exprès, pour s'embarquer, que le cône des basses pressions atmosphériques fût hissé à la drisse du sémaphore ; il eût souhaité peut-être que la sirène répondît à ses provocations et, par quelque belle nuit d'équinoxe, le couchât dans sa robe étoilée...

V

Ce ne fut pas la mer qui le prit. Une femme passa, une « parisienne ». Belle jeune, élégante et titrée,elle devina le secret si bien caché à tous les yeux ; elle aima Corbière : il était trop tard, et cette conjonction romanesque d'une héroïne de Feuillet et d'un triton des eaux bretonnes n'enrichit pas d'un brillant chapitre la littérature sentimentale du XIXe siècle.

La faute n'en fut peut-être ni à l'un ni à l'autre, mais à la vie : le bonheur demande un apprentissage que n'avait pas fait Corbière. Un homme qui a connu profondément l'auteur des *Amours Jaunes*, son cousin Pol Kalig, l'a défini « un tendre comprimé ». Il y a sans doute des compressions trop violentes et trop longues après lesquelles le cœur n'a plus la force de se détendre ; le pli est pris : ce fut toute l'histoire de Corbière. Il a 27 ans au moment où nous voici (1872) ; sa disgrâce personnelle et la solitude ont encore développé et presque poussé au paroxysme les instincts anarchiques qui sommeillaient en lui comme au fond de tous les Celtes ; la révolte est devenue son état normal ; la raillerie et la pose lui ont fait une seconde nature ; il en est arrivé au point de cultiver sa laideur comme une originalité. Quelle forme prendra l'amour chez ce malade ? On le devine assez et qu'incapable d'aimer simplement, il cherchera — et trouvera — toutes les raisons de se déchirer et de déchirer celle qu'il aime ; il lui supposera des calculs d'intérêt, de la compassion, du sadisme, tout, excepté un sentiment sincère, nu et franc ; il saura qu'il est injuste ; il conviendra de son humeur rebourse :

Mon amour à moi n'aime pas qu'on l'aime...

Mais l'orgueil chez lui aura le dernier mot et, le jour venu de baptiser dans un livre cet étrange commerce sentimental, il l'affublera par bravade, par dérision, de l'épithète à double sens qui trompa le public et qui lui fit croire, dit Pol Kalig, que les *Amours Jaunes* étaient un recueil de vers libertins.

Le poète avait quitté Roscoff sans esprit de retour. Il avait retrouvé à Paris les artistes qui fréquentaient la pension Le Gad ; il n'eut guère le temps ou il dédaigna de se mêler au mouvement littéraire. Cependant, il donna quelques vers à la *Vie parisienne* de Marcellin, publia son livre et en rêva un autre, qu'il voulait appeler *Mirlitons*.

Qu'aurait été ce livre ? Une réplique de la première partie des *Amours Jaunes* ? On peut le craindre, d'après les deux pièces qui nous en sont parvenues. Pour nous, le vrai Corbière n'est pas là, malgré les étranges musiques qui y résonnent par moment, si douces et si déchirantes qu'elles font songer à cet oiseau dont parle Renan et qui se sciait le cœur avec une scie en diamant. Le Corbière que nous retiendrons, c'est surtout le Corbière d'*Armor* et de *Gens de mer*, le poète inégal encore, mais puissant et savoureux, sincère jusqu'à la brutalité et soudain d'une infinie tendresse, comme ce canon désaffecté de son *Vieux Roscoff* dans la gueule duquel s'était logée une candide touffe de jonc marin. Il ne serait pas difficile de montrer que ce Corbière-là n'a pas eu moins d'influence que l'autre sur les directions de la poésie contemporaine et que le Richepin de *la Chanson des Gueux* et de *la Mer*, par exemple, lui est aussi redevable que le Verlaine de *Jadis et Naguère*, d'*Amour* et de *Parallèlement* au poète de *Raccrocs* et des *Rondels pour après.* S'il est vrai, comme le croyait Jules Tellier, que les choses imparfaites procèdent dans l'absolu des choses parfaites et n'en sont qu'un reflet, il est vrai aussi que l'historien des lettres, habitant du relatif, courrait certains risques à trop vouloir négliger les misérables contingences de la chronologie terrestre. Peut-être que le principal mérite des *Amours Jaunes* est d'avoir paru en 1873, dix ans avant la révolution symboliste et trois ans avant la *Chanson des Gueux.* Encore y aurait-il une injustice véritable à ne pas faire la part des « réalisations » dans l'œuvre de Corbière. Il y eut autre chose chez lui que des intentions et, si gâté de puérilités qu'il soit, si insupportable même souvent par sa jactance, ses bouffonneries et son débraillement, la postérité en fin de compte restera indulgente à ce « grand poète d'ouragan », dévoyé sous le ciel parisien, qui tourna un moment sur nos têtes, poussa un cri bref et disparut dans ses brumes.

CHARLES LE GOFFIC

La présente édition comprend, outre les pièces déjà recueillies dans les éditions précédentes, un certain nombre de pièces inédites et de variantes. Le texte en a été revu par M. Charles Morice, le plus qualifié assurément des poètes de la génération symboliste pour ce travail de restitution délicate. Nous devons enfin des remerciements particuliers à M. et à Mme Le Vacher (sœur du poète) pour la communication qu'ils ont bien voulu nous faire d'une photographie de famille reproduite dans cette édition. Il ne leur paraît pas cependant que la légende de laideur et de misanthropie qui s'est cristallisée autour du nom de Tristan Corbière soit justifiée, ni que Tristan ait souffert en quelque manière de la disproportion d'âge de ses parents. Bien loin, comme nous l'avons écrit après M. Martineau et comme on le dit partout à Roscoff et à Morlaix, qu'il affectât de fuir la maison familiale quand ses parents s'y installaient, « il se montrait pour eux le Corbière qu'il a trop jalousement caché aux indifférents, plein d'affection pour les siens et de vénération pour son père. » (Lettre de M. Le Vacher.) Ces scrupules de la famille du poète sont trop respectables pour que nous n'en fixions pas ici l'expression.

A MARCELLE

LE POÈTE ET LA CIGALE

Un poète ayant rimé,
IMPRIMÉ,
Vit sa muse dépourvue
De marraine, et presque nue :
Pas le plus petit morceau
De vers... ou de vermisseau.
Il alla crier famine
Chez une blonde voisine,
La priant de lui prêter
Son petit nom pour rimer.
(C'était une rime en elle.)
— Oh ! je vous paîrai, Marcelle,
Avant l'août, foi d'animal !
Intérêt et principal. —
La voisine est très prêteuse,
C'est son plus joli défaut :
Quoi : c'est tout ce qu'il vous faut ?
Votre Muse est bien heureuse...
Nuit et jour, à tout venant,
Rimez mon nom... Qu'il vous plaise !
Et moi j'en serai fort aise.

Voyons : chantez maintenant.

ÇA ?

ÇA ?

What ?....

(SHAKESPEARE

Des essais ? — Allons donc, je n'ai pas essayé !
Etude ? — Fainéant, je n'ai jamais pillé.
Volume ? — Trop broché pour être relié...
De la copie ? — Hélas non, ce n'est pas payé !

Un poème ? — Merci, mais j'ai lavé ma lyre.
Un livre ? — ... Un livre, encore, est une chose à lire !...
Des papiers ? — Non, non, Dieu merci, c'est cousu !
Album ? — Ce n'est pas blanc, et c'est trop décousu.

Bouts-rimés ? — Par quel bout ?... Et ce n'est pas joli!
Un ouvrage ? — Ce n'est poli ni repoli.
Chansons ? — Je voudrais bien, ô ma petite Muse !...
Passe-temps ? — Vous croyez, alors, que ça m'amuse ?

— Vers ?... vous avez flué des vers ?... — Non, c'est heu
— Ah, vous avez couru l'Originalité ?...
— Non... c'est une drôlesse assez drôle — *de rue* —
Qui court encor, sitôt qu'elle se sent courue.

— Du *chic* pur ? — Eh qui me donnera des ficelles !
— Du haut vol ? Du haut mal ? — Pas de râle, ni d'ailes!
— Chose à mettre à la porte ? — ... Ou dans une maison
De tolérance. — Ou bien de correction ? — Mais non !

— Bon, ce n'est pas classique ? — A peine est-ce français !
— Amateur ? — Ai-je l'air d'un monsieur à succès ?
— Est-ce vieux ? — Ça n'a pas quarante ans de service...
— Est-ce jeune ? — Avec l'âge, on guérit de ce vice.

... *ÇA* c'est naïvement une impudente *pose* ;
C'est, ou ce n'est pas *ça* : rien ou quelque chose.
— Un chef-d'œuvre ? — Il se peut : je n'en ai jamais fait.
— Mais, est-ce du huron, du Gagne, ou du Musset ?

— C'est du...mais j'ai mis là mon humble nom d'auteur,
Et mon enfant n'a pas même un titre menteur.
C'est un coup de raccroc, juste ou faux, par hasard...
L'Art ne me connaît pas. Je ne connais pas l'Art.

Préfecture de police, 20 mai 1873.

PARIS

Bâtard de Créole et Breton,
Il vint aussi là — fourmilière,
Bazar où rien n'est en pierre,
Où le soleil manque de ton.

— Courage ! On fait queue... Un planton
Vous pousse à la chaîne — derrière ! —
... Incendie éteint, sans lumière ;
Des seaux passent, vides ou non. —

Là, sa pauvre Muse pucelle
Fit le trottoir en *demoiselle*,
Ils disaient : Qu'est-ce qu'elle vend ?

— Rien. — Elle restait là, stupide,
N'entendant pas sonner le vide
Et regardant passer le vent...

Là : vivre à coups de fouet ! — passer
En fiacre, en correctionnelle ;
Repasser à la ritournelle,
Se dépasser, et trépasser !...

— Non, petit, il faut commencer
Par être grand — simple ficelle —
Pauvre : remuer l'or à la pelle ;
Obscur : un nom à tout casser !...

Le coller chez les mastroquets,
Et l'apprendre à des perroquets
Qui le chantent ou qui le sifflent...

— Musique ! — C'est le paradis
Des mahomets ou des houris,
Des dieux souteneurs qui se giflent

« Je voudrais que la rose — Dondaine !
« Fût encore au rosier — Dondé ! »

Poète. — Après !... Il faut *la chose* :
Le Parnasse en escalier,
Les Dégoûteux, et la Chlorose,
Les Bedeaux, les Fous à lier...

L'Incompris couche avec sa pose,
Sous le zinc d'un mancenillier ;
Le Naïf « *voudrait que la rose,*
Dondé ! fût encore au rosier ! »

« *La rose au rosier, Dondaine* ! »
— On a le pied fait à sa chaîne.
« *La rose au rosier* »... — Trop tard ! —

« *La rose au rosier* »... — Nature !
— On est essayeur, pédicure,
Ou quelque autre chose dans l'art !

J'aimais... — Oh, ça n'est plus de vente !
Même il faut payer : dans le tas,
Pioche la femme ! — Mon amante
M'avait dit : « Je n'oublierai pas... »

... J'avais une amante là-bas
Et son ombre pâle me hante
Parmi des senteurs de lilas...
Peut-être Elle pleure... — Eh bien : chante,

Pour toi, tout seul, ta nostalgie,
Tes nuits blanches sans bougie...
Tristes vers, tristes au matin !...

Mais ici : fouette-toi d'orgie !
Charge ta paupière rougie,
Et sors ton grand air de catin !

C'est la bohême, enfant : renie
Ta lande et ton clocher à jour,
Les mornes de ta colonie
Et les *bamboulas* au tambour.

Chanson usée et bien finie,
Ta jeunesse... Eh, c'est bon un jour !...
Tiens : — c'est toujours neuf — calomnie
Tes pauvres amours... et l'amour.

Evohé ! ta coupe est remplie !
Jette le vin, garde la lie...
Comme ça. — Nul n'a vu le tour.

Et qu'un jour le monsieur candide
De toi dise — Infect ! Ah splendide ! —
... Ou ne dise rien. — C'est plus court.

Evohé ! fouaille la veine ;
Evohé ! misère : éblouir !
En fille de joie, à la peine
Tombe, avec ce mot là : — Jouir !

Rôde en la coulisse malsaine
Où vont les fruits mal secs moisir,
Moisir pour un quart d'heure en scène...
— *Voir les planches, et puis mourir* !

Va : tréteaux, lupanars, églises,
Cour des miracles, cour d'assises :
— Quarts d'heure d'immortalité !

Tu parais ! c'est l'apothéose !!!...
Et l'on te jette quelque chose :
— Fleur en papier, ou saleté. —

Donc, la *tramontane* est montée ;
Tu croiras que c'est arrivé !
Cinq-cent-millième Prométhée,
Au roc de carton peint rivé.

Hélas : quel bon oiseau de proie,
Quel vautour, quel *Monsieur Vautour*
Viendra mordre à ton petit foie
Gras, truffé ? pour quoi ? — Pour le four !...

Four banal !... Adieu la curée ! —
Ravalant ta rate rentrée,
Va, comme le pélican blanc,

En écorchant le chant du cygne,
Bec jaune, te percer le flanc....
Devant un pêcheur à la ligne.

Tu ris. — Bien ! — Fais de l'amertume,
Prends le pli, Méphisto blagueur,
De l'absinthe ! et ta lèvre écume...
Dis que cela vient de ton cœur.

Fais de toi ton œuvre posthume,
Châtre l'amour... l'amour — longueur !
Ton poumon cicatrisé hume
Des miasmes de gloire, ô vainqueur !

Assez, n'est-ce pas ? va-t'en !
Laisse
Ta bourse — dernière maîtresse —
Ton revolver — dernier ami...

Drôle de pistolet fini !
... Ou reste, et bois ton fond de vie
Sur une nappe desservie...

ÉPITAPHE

POUR

TRISTAN-JOACHIM-EDOUARD CORBIÈRE, PHILOSOPHE

> Sauf les amoureux commençans ou finis qui peuvent commencer par la fin il y a tant de choses qui finissent par le commencement que le commencement commence à finir par être à la fin la fin en sera que les amoureux et autres finiront par commencer à recommencer par ce commencement qui aura fini par n'être que la fin retournée ce qui commencera par être égal à l'éternité qui n'a ni fin ni commencement et finira par être aussi finalement égal à la rotation de la terre où l'on aura fini par ne distinguer plus où commence la fin d'où finit le commencement ce qui est toute fin de tout commencement égale à tout commencement de toute fin ce qui est le commencement final de l'infini défini par l'indéfini. — Égale une épitaphe égale une préface et réciproquement.
>
> (SAGESSE DES NATIONS.)

Il se tua d'ardeur, ou mourut de paresse.
S'il vit, c'est par oubli ; voici ce qu'il se laisse :

— Son seul regret fut de n'être pas sa maîtresse. —

Il ne naquit par aucun bout,
Fut toujours poussé vent-de-bout,
Et fut un arlequin-ragoût,
Mélange adultère du tout.

Du *je-ne-sais-quoi*, — mais ne sachant où ;
De l'or, — mais avec pas le sou ;
Des nerfs, — sans nerf ; vigueur sans force ;
De l'élan, — avec une entorse ;
De l'âme, — et pas de violon ;
De l'amour, — mais pire étalon.
— Trop de noms pour avoir un nom. —

Coureur d'idéal, — sans idée ;
Rime riche, — et jamais rimée :
Sans avoir été, — revenu ;
Se retrouvant partout perdu.

Poète, en dépit de ses vers ;
Artiste sans art, — à l'envers ;
Philosophe, — à tort à travers.

Un drôle sérieux, — pas drôle.
Acteur : il ne sut pas son rôle ;
Peintre : il jouait de la musette ;
Et musicien : de la palette.

Une tête ! mais pas de tête ;
Trop fou pour savoir être bête ;
Prenant pour un trait le mot *très*.
— Ses vers faux furent ses seuls vrais.

Oiseau rare — et de pacotille ;
Très mâle... et quelquefois très *fille* ;
Capable de tout, — bon à rien ;
Gâchant bien le mal, mal le bien.
Prodigue comme était l'enfant
Du Testament, — sans testament
Brave, et souvent, par peur du plat,
Mettant ses deux pieds dans le plat.

Coloriste enragé, — mais blême ;
Incompris... — surtout de lui-même ;

Il pleura, chanta juste faux ;
— Et fut un défaut sans défauts.

Ne fut *quelqu'un*, ni quelque chose.
Son naturel était la *pose*.
Pas poseur, posant pour *l'unique* ;
Trop naïf, étant trop cynique ;
Ne croyant à rien, croyant tout.
— Son goût était dans le dégoût.

Trop cru, — parce qu'il fut trop cuit,
Ressemblant à rien moins qu'à lui,
Il s'amusa de son ennui,
Jusqu'à s'en réveiller la nuit.
Flâneur au large, — à la dérive,
Epave qui jamais n'arrive...

Trop *Soi* pour se pouvoir souffrir,
L'esprit à sec et la tête ivre,
Fini, mais ne sachant finir,

Il mourut en s'attendant vivre
Et vécut s'attendant mourir.

Ci-gît, — cœur sans cœur, mal planté,
Trop réussi — comme *raté*. (1)

VARIANTE (1)

ÉPAVE, MORT-NÉ

Mélange adultère de tout :
De la fortune et pas le sou,
De l'énergie et pas de force,
La liberté, mais une entorse.
Du cœur, du cœur ! de l'âme, non —
Des amis, pas un compagnon,
De l'idée et pas une idée,
De l'amour et pas une aimée,
La paresse et pas le repos.
Vertus chez lui furent défaut,
Ame blasée inassouvie.
Mort, mais pas guéri de la vie,
Gâcheur de vie hors de propos,
Le corps à sec et la tête ivre,
Espérant, niant l'avenir,
Il mourut en s'attendant vivre
Et vécut s'attendant mourir.

SOUS UN PORTRAIT DE CORBIERE

EN COULEURS FAIT PAR LUI ET DATÉ DE 1868

Jeune philosophe en dérive
Revenu sans avoir été,
Cœur de poète mal planté :
Pourquoi voulez-vous que je vive ?

L'amour !... je l'ai rêvé, mon cœur au grand ouvert
Bat comme un volet en pantenne
Habité par la froide haleine
Des plus bizarres courants d'air ;
Qui voudrait s'y jeter ?... pas moi si j'étais ELLE !...
Va te coucher, mon cœur, et ne bats plus de l'aile.

J'aurais voulu souffrir et mourir d'une femme,
M'ouvrir du haut en bas et lui donner en flamme,
Comme un punch,ce cœur-là chaud sous le chaud soleil.

Alors je chanterais (faux, comme de coutume)
Et j'irais me coucher seul dans la trouble brume :
Eternité, néant, mort, sommeil, ou réveil.

Ah si j'étais un peu compris ! Si par pitié
Une femme pouvait me sourire à moitié,
Je lui dirais : oh viens, ange qui me consoles !...
. . . .
... Et je la conduirais à l'hospice des folles.

On m'a manqué ma vie !... une vie à peu près,
Savez-vous ce que c'est ? Regardez cette tête.
Dépareillé partout, très bon, plus mauvais, très
Fou, mais ne me souffrant... Encor, si j'étais bête !

La mort... ah oui, je sais : cette femme est bien froide,
Coquette dans la vie ; après, sans passion.
Pour coucher avec elle il faut être trop roide...
Et puis, la mort n'est pas, c'est la négation.

Je voudrais être un point épousseté des masses,
Un point mort balayé dans la nuit des espaces,
... Et je ne le suis point !

Je voudrais être alors chien de fille publique,
Lécher un peu d'amour qui ne soit pas payé ;
Ou déesse à tous crins sur la côte d'Afrique,
Ou fou, mais réussi ; fou, mais pas à moitié.

LES AMOURS JAUNES

A L'ÉTERNELLE MADAME

Mannequin idéal, tête-de-turc du leurre,
Éternel Féminin !... repasse tes fichus,
Et viens sur mes genoux, quand je marquerai l'heure,
Me montrer comme on fait chez vous, anges déchus.

Sois pire, et fais pour nous la joie à la malheure,
Piaffe d'un pied léger dans les sentiers ardus,
Damne-toi, pure idole ! et ris ! et chante ! et pleure,
Amante ! et meurs d'amour !... à nos moments perdus.

Fille de marbre, en rut ! sois folâtre !... et pensive.
Maîtresse, chair de moi ! fais-moi vierge et lascive...
Féroce, sainte, et bête, en me cherchant un cœur...

Sois femelle de l'homme, et sers de Muse, ô femme,
Quand le poète brame en *Ame*, en *Lame*, en *Flamme* !
Puis — quand il ronflera — viens baiser ton Vainqueur !

FÉMININ SINGULIER

Éternel Féminin de l'éternel Jocrisse !
Fais-nous sauter, pantins : nous payons les décors !
Nous éclairons la rampe... Et toi, dans la coulisse,
Tu peux faire au pompier le pur don de ton corps.

Fais claquer sur nos dos le fouet de ton caprice,
Couronne tes genoux !... et nos têtes dix-cors ;
Ris ! montre tes dents !... mais... nous avons la police,
Et quelque chose en nous d'eunuque et de recors.

... Ah tu ne comprends pas ?...—Moi non plus — Fais la
Tourne : nous sommes soûls ! Et plats. Fais la cruelle !
Cravache ton pacha, ton humble serviteur !...

Après, sache tomber — mais tomber avec grâce —
Sur notre sable fin ne laisse pas de trace !...
— C'est le métier de femme et de gladiateur. —

BOHÊME DE CHIC

Ne m'offrez pas un trône !
A moi tout seul je fris,
Drôle, en ma sauce jaune
De *chic* et de mépris.

Que les bottes vernies
Pleuvent du paradis,
Avec des parapluies...
Moi, va nu-pieds, j'en ris !

Plate époque râpée,
Où chacun a du bien ;
Où cuistre sans épée,
Le vaurien ne vaut rien !

Papa, — pou, mais honnête, —
M'a laissé quelques sous,
Dont j'ai fait quelque dette,
Pour me payer des poux !

Son habit, mis en perce,
M'a fait de beaux haillons
Que le soleil traverse ;
Mes trous sont des rayons.

Dans mon chapeau la lune
Brille à travers les trous,
Bête et vierge comme une
Pièce de cent sous !

— Gentilhomme !... à trois queues :
Mon nom mal ramassé
Se perd à bien des lieues
Au diable du passé !

Mon blason — pas bégueule —
Est, comme moi, taquin :
— *Nous bandons à la gueule,*
Fond troué d'arlequin. —

Je pose aux devantures
Où je lis : — DÉFENDU
DE POSER DES ORDURES —
Roide comme un pendu !

Et me plante sans gêne
Dans le plat du hasard,
Comme un couteau sans gaine
Dans un plat d'épinard.

Je lève haut la cuisse
Aux bornes que je voi :
Potence, pavé, suisse,
Fille, priape ou roi !

Quand, sans tambour ni flûte,
Un servile estafier
Au violon me culbute,
Je me sens libre et fier !...

Et je laisse la vie
Pleuvoir sans me mouiller,
En attendant l'envie
De me faire empailler.

Je dors sous ma calotte,
La calotte des cieux ;
Et l'étoile pâlotte
Clignote entre mes yeux.

Ma Muse est grise ou blonde...
Je l'aime et ne sais pas ;
Elle est à tout le monde...
Mais — moi seul — je la bats !

A moi, ma Chair-de-poule !
A toi ! Suis-je pas beau,
Quand mon baiser te roule
A cru dans mon manteau !...

Je ris comme une folle
Et sens mal aux cheveaux,
Quand ta chair fraîche colle
Contre mon cuir lépreux !

Jérusalem. — Octobre

GENTE DAME

Il n'est plus, ô ma Dame,
D'amour en cape, en lame,
Que Vous !...
De passion sans obstacle,
Mystère à grand spectacle,
Que nous !...

Depuis les *Tour de Nesle*
Et les Château de Presle,
Temps frais,
Où l'on couchait en Seine
Les galants pour leur peine :
— Après. —

Quand vous êtes *Frisette*,
Il n'est plus de grisette
Que toi !...
Ni de rapin farouche,
Pur Rembrandt sans retouche,
Que moi !

Qu'il attende, Marquise,
Au grand mur de l'église
Flanqué,
Ton bon coupé vert sombre :
Comme un bravo dans l'ombre,
Masqué.

— A nous ! — J'arme en croisière
Mon fiacre-corsaire,
Au vent,
Bordant, comme une voile,
Le store qui nous voile :
— Avant !...

— Quartier-dolent — tourelle
Tout au haut de l'échelle...
Quel pas !
Au sixième — Eh ! madame,
C'est tomber sur son âme
Bien bas !

Au grenier poétique,
Où gîte le classique
Printemps,

Viens courre, aventurière,
Ce lapin de gouttière :
Vingt-ans !

Ange, viens pour ton hère
Jouer à la misère
Des dieux !
Pauvre diable à ficelles,
Lui, joue avec tes ailes,
Aux cieux !

Viens, Béatrix du Dante,
Mets dans ta main charmante
Mon front...
Ou passe, en bonne fille,
Fière au bras de ton drille,
Le pont.

Demain, ô mâle amante,
Reviens-moi Bradamante !
Muguet !
Escholier en fortune,
Narguant devers la brune
Le guet !

UN SONNET

AVEC LA MANIÈRE DE S'EN SERVIR

Réglons notre papier et formons bien nos lettres :

Vers filés à la main et d'un pied uniforme,
Emboîtant bien le pas, par quatre en peloton ;
Qu'en marquant la césure, un des quatre s'endorme...
Ça peut dormir debout comme soldats de plomb.

Sur le *railway* du Pinde est la ligne, la forme ;
Aux fils du télégraphe : — on en suit quatre, en long ;
A chaque pieu, la rime — exemple : *chloroforme*.
— Chaque vers est un fil, et la rime un jalon.

— Télégramme sacré — 20 mots. — Vite à mon aide...
(Sonnet — c'est un sonnet —) ô Muse d'Archimède !
— La preuve d'un sonnet est par l'addition :

— Je pose 4 et 4 = 8 ! Alors je procède
En posant 3 et 3 ! — Tenons pégase raide :
« O lyre ! O délire : O... » — Sonnet — Attention ! (1)

Pic de la Maladetta. — Août.

VARIANTE (1)

Je vais faire un sonnet ; des vers en uniforme
Emboîtant bien le pas, par quatre, en peloton,
Sur du papier réglé, pour conserver la forme.
Je sais ranger les vers et les soldats de plomb.

Je sais faire un sonnet ; jadis, sans que je dorme,
J'ai mis des dominos en file, tout au long,
J'ai suivi mainte allée épinglée où chaque orme
Rêvait être de zinc et posait en jalon.

Je vais faire un sonnet ; et toi, viens à mon aide,
Que ton compas m'inspire, ô muse d'Archimède,
Car l'âme d'un sonnet c'est une addition.

1 2 3 4, et puis 4 = 8, je procède
Ensuite 3 par 3 — tenons Pégase raide !
O lyre ! ô délire ! oh ! — assez ! attention.

SONNET A SIR BOB

Chien de femme légère, braque anglais par sang.

Beau chien, quand je te vois caresser ta maîtresse,
Je grogne malgré moi — pourquoi? — tu n'en sais rien...
— Ah ! c'est que moi — vois-tu — jamais je ne caresse,
Je n'ai pas de maîtresse, et... ne suis pas beau chien.

— *Bob* ! *Bob* ! — Oh ! le fier nom à hurler d'allégresse !
Si je m'appelais *Bob*... Elle dit Bob si bien !
Mais moi je ne suis pas *pur sang*. — Par maladresse,
On m'a fait *braque* aussi... mâtiné de chrétien.

— O Bob ! nous changerons, à la métempsycose :
Prends mon sonnet, moi ta sonnette à faveur rose ;
Toi ma peau, moi ton poil — avec puces ou non...

Et je serai *sir Bob*. — Son seul amour fidèle !
Je mordrai les roquets, elle me mordrait, Elle !
Et j'aurai le collier portant Son petit nom.

Britisch channel. — 15 may.

STEAM-BOAT

A une passagère,

En fumée elle est donc chassée
L'éternité, la traversée
Qui fit de Vous ma sœur d'un jour,
Ma sœur d'amour !...

Là-bas : cette mer incolore
Où ce qui fut Toi flotte encore...
Ici : la terre, ton écueil,
Tertre de deuil !

On t'espère là... Va légère !
Qui te bercera, passagère ?...
O passagère de mon cœur,
Ton remorqueur !...

Quel ménélas, sur son rivage,
Fait le pied ?... — Va, j'ai ton sillage...
J'ai, — quand il est là voir venir, —
Ton souvenir !

Il n'aura pas, lui, ma Peureuse,
Les sauts de ta gorge houleuse,
Tes sourcils salés de poudrain
Pendant un grain !

Il ne t'aura pas, effrontée,
Par tes cheveux au vent fouettée !...
Ni, durant les longs quarts de nuit,
Ton doux ennui...

Ni ma poésie où : — *Posée,*
Tu seras la mouette blessée,
Et moi le flot qu'elle rasa...,
Et cœtera.

— Le large, bête sans limite,
Me paraîtra bien grand, Petite,
Sans Toi !... Rien n'est plus l'horizon,
Qu'une cloison.

Qu'elle va me sembler étroite,
Tout seul, la boîte à deux !... la boîte
Où nous n'avions qu'un oreiller
Pour sommeiller.

Déjà le soleil se fait sombre
Qui ne balance plus ton ombre,
Et la houle a fait un grand pli...
— Comme l'oubli ! —

Ainsi déchantait sa fortune,
En vigie, au sec, dans la hune
Par un soir frais, vers le matin,
Un pilotin.

10' long. O,
40' lat. N.

PUDENTIANE

Attouchez, sans toucher. On est dévotieuse :
Ni ne retient à son escient.
Mais On pâme d'horreur d'être : *luxurieuse*
De corps et de consentement !...

Et de chair... de cette œuvre On est fort curieuse,
Sauf le vendredi — *seulement* :
Le confesseur est maigre... et l'extase pieuse
En fait : *carême entièrement.*

... Une autre se donne. — Ici l'On se damne —
C'est un tabernacle — ouvert — qu'on profane.
Bénitier où le serpent est caché !

Que l'Amour, ailleurs, comme un coq se chante...
CI-GIT ! La *pudeur-d'-attentat* le hante...
C'est la Pomme (cuite) en fleur de péché.

(Rome, — 40 ans. — 15 août.)

APRÈS LA PLUIE

J'aime la petite pluie
Qui s'essuie
D'un torchon de bleu troué !
J'aime l'amour et la brise,
Quand ça frise...
Et pas quand c'est secoué.

— Comme un parapluie en flèches,
Tu te sèches,
O grand soleil ! grand ouvert...
A bientôt l'ombrelle verte
Grande ouverte !
Du printemps — été d'hiver. —

La passion c'est l'averse
Qui traverse !
Mais la femme n'est qu'un grain :

Grain de beauté, de folie
Ou de pluie...
Grain d'orage — ou de serein. —

Dans un clair rayon de boue,
Fait la roue,
La roue à grand appareil,
— Plume et queue — une Cocotte
Qui barbotte ;
Vrai déjeuner de soleil !

— « Anne ! ou qui que tu sois, chère...
« Ou pas chère,
« Dont on fait, à l'œil, les yeux...
« Hum... Zoé ! Nadjejda ! Jane !
« Vois : je flâne,
« Doublé d'or comme les cieux ! »

« *English spoken* ? — Espagnole ?...
« Batignolle ?...
« Arbore le pavillon
« Qui couvre ta marchandise,
« O marquise
« D'Amaëgui !... Frétillon !... »

« Nom de singe ou nom d'Archange ?
« Ou mélange ?...
« Petit nom à huit ressorts ?
« Nom qui ronfle, ou nom qui chante ?
« Nom d'amante ?...
« Ou nom à coucher dehors ?...

« Veux-tu, d'une amour fidèle,
« Éternelle !
« Nous adorer pour ce soir ?...
« Pour tes deux petites bottes
« Que tu crottes,
« Prends mon cœur et le trottoir ! »

« N'es-tu pas dona Sabine ?
Carabine ?...
« Dis : veux-tu le paradis
« De l'Odéon ? — traversée
« Insensée !...
« On emporte des radis. »

C'est alors que se dégaine
La rengaine :
— « Vous vous trompez... quel émoi !...

« Laissez-moi... je suis honnête... »
« — Pas si bête !
« — Pour qui me prends-tu ? — Pour moi !...

« ... Prendrais-tu pas quelque chose
Qu'on arrose
« Avec n'importe quoi... du
« Jus de perles dans des coupes
« D'or ?... Tu coupes!
« Mais moi ? Mina, me prens-tu ?

— « Pourquoi pas ? ça va sans dire ! » —
« — O sourire !...
« Moi, par-dessus le marché !...
« Hermosa, tu m'as l'air franche
« De la hanche !
« Un cuistre en serait fâché ! »

— « Mais je me nomme Aloïse... »
« — Héloïse !
« Veux-tu, pour l'amour de l'art,
« — Abelard avant la lettre —
« Me permettre
« D'être un peu ton Abelard ? »

. . . .
. . . .

Et, comme un grain blanc qui crève,
Le doux rêve
S'est couché là, sans point noir...
« Donne à ma lèvre apaisée
« La rosée
« D'un baiser-levant — Bonsoir —

« C'est le chant de l'alouette,
« Juliette !
« Et c'est le chant du dindon...
« Je te fais, comme l'aurore
« Qui te dore,
« Un rond d'or sur l'édredon. »

À UNE ROSE

Rose, rose d'amour vannée,
Jamais fanée,
Le rouge fin est ta couleur,
O fausse fleur !

Feuille où pondent les journalistes
Un fait-divers,
Papier-Joseph, croquis d'artistes :
— Chiffres ou vers —

Cœur de parfum, montant arome
Qui nous embaume...
Et ferais même avec succès,
Après décès ;

Grise l'amour de ton haleine,
Vapeur malsaine,
Vent de pastille du sérail,
Hanté par l'ail !

Ton épingle, épine postiche,
Chaque nuit fiche
Le hanneton d'or, ton amant...
Sensitive ouverte, arrosée
De fausses perles de rosée,
En diamant !

Chaque jour palpite à la colle
De ta corolle
Un papillon-coquelicot,
Pur calicot.

Rose-thé !... — Dans le grog, peut-être ! —
Tu dois renaître
Jaune, sous le fard du tampon,
Rose-pompon !

Vénus-Coton, née en pelote,
Un soir-matin,
Parmi l'écume... que culotte
Le clan rapin !

Rose mousseuse, sur toi pousse
Souvent la mousse

De l'Aï... du BOCK plus souvent
A 30 Cent.

— Un coup de soleil de la rampe,
Qui te retrempe ;
Un coup de pouce à ton grand air
Sur fil-de-fer !...

Va, gommeuse et gommée, ô rose
De couperose,
Fleurir les faux-cols et les cœurs,
Gilets vainqueurs !

A LA MÉMOIRE DE ZULMA

VIERGE FOLLE HORS BARRIÈRE

ET

D'UN LOUIS

Bougival, 8 mai.

Elle était riche de vingt ans,
Moi j'étais jeune de vingt francs,
Et nous fîmes bourse commune,
Placée, à fonds perdu, dans une
Infidèle nuit de printemps...

La lune a fait un trou dedans,
Rond comme un écu de cinq francs,
Par où passa notre fortune :
Vingt ans ! vingt francs !... et puis la lune !

En monnaie — hélas — les vingt francs !
En monnaie aussi les vingt ans !
Toujours de trous en trous de lune,

Et de bourse en bourse commune...
— C'est à peu près même fortune !

. . . .

— Je la trouvai — bien des printemps,
Bien des vingt ans, bien des vingt francs,
Bien des trous et bien de la lune
Après — toujours vierge et vingt ans,
Et... colonelle à la Commune !

. . . .

— Puis après : la chasse aux passants,
Aux vingt sols,et plus aux vingt francs..
Puis après : la fosse commune,
Nuit gratuite sans trou de lune.

(Saint-Cloud. — Novembre).

BONNE FORTUNE

ET

FORTUNE

Odor della feminita.

Moi, je fais mon trottoir, quand la nature est belle,
Pour la passante qui, d'un petit air vainqueur,
Voudra bien crocheter, du bout de son ombrelle,
Un clin de ma prunelle ou la peau de mon cœur...

Et je me crois content — pas trop! — mais il faut vivre:
Pour promener un peu sa faim, le gueux s'enivre...

Un beau jour — quel métier ! — je faisais, comme ça
Ma croisière. — Métier !... — Enfin, Elle passa.
— Elle qui ? — La Passante ! Elle, avec son ombrelle !
Vrai valet de bourreau, je la frôlai... — mais Elle

Me regarda tout bas, souriant en dessous,
Et... me tendit sa main, et...
m'a donné deux sous.

(Rue des Martyrs).

A UNE CAMARADE

Que me veux-tu donc, femme trois fois fille ?...
Moi qui te croyais un si bon enfant !
— De l'amour?... — Allons: cherche, apporte, pille!
M'aimer aussi, toi !... moi qui t'aimais tant !

Oh ! je t'aimais comme... un lézard qui pèle
Aime le rayon qui cuit son sommeil...
L'Amour entre nous vient battre de l'aile :
— Eh ! qu'il s'ôte de devant mon soleil !

Mon amour, à moi, n'aime pas qu'on l'aime ;
Mendiant, il a peur d'être écouté...
C'est un lazzarone enfin, un bohème,
Déjeunant de jeûne et de liberté.

— Curiosité, bibelot, bricolle ?...
C'est possible : il est rare — et c'est son bien.
Mais un bibelot cassé se recolle ;
Et lui, décollé, ne vaudra plus rien !...

Va, n'enfonçons pas la porte entr'ouverte
Sur un paradis déjà trop rendu !
Et gardons à la pomme, jadis verte,
Sa peau, sous son fard de fruit défendu.

Que nous sommes-nous donc fait l'un à l'autre ?...
— Rien... — Peut-être alors que c'est pour cela ;
Quel a commencé ? — Pas moi, bon apôtre !
Aprés, quel dira : c'est donc tout — voilà !

— Tous les deux, sans doute... — Et toi,sois bien sûre
Que c'est encor moi le plus attrapé :
Car si, par erreur, ou par aventure,
Tu ne me trompais... je serai trompé !

Appelons cela : *l'amitié calmée*,
Puisque l'amour veut mettre son holà.
N'y croyons pas trop, chère mal-aimée...
— C'est toujours trop vrai ces mensonges-là ! —

Nous pourrons, au moins, ne pas nous maudire,
Si ça t'est égal, le quart d'heure après.
Si nous en mourons — ce sera de rire...
Moi qui l'aimais tant ton rire si frais !

UN JEUNE QUI S'EN VA

Morire.

Oh le printemps ! — je voudrais paître !...
C'est drôle, est-ce pas : les mourants
Font toujours ouvrir leur fenêtre,
Jaloux de leur part de printemps !

Oh le printemps ! Je veux écrire !
Donne-moi mon bout de crayon
— Mon bout de crayon, c'est ma lyre —
Et — là — je me sens un rayon.

Vite !... j'ai vu, dans mon délire,
Venir me manger dans la main
La Gloire qui voulait me lire !
— La gloire n'attend pas demain. —

Sur ton bras, soutiens ton poète,
Toi, sa Muse, quand il chantait,
Son Sourire quand il mourait,
Et sa Fête.... quand c'était fête.

Sultane, apporte un peu ma pipe
Turque, incrustée en faux saphir,
Celle qui *va bien à mon type...*
Et ris ! — C'est fini de mourir ;

Et viens sur mon lit de malade ;
Empêche la mort d'y toucher,
D'emporter cet enfant maussade
Qui ne veut pas s'aller coucher.

Ne pleure donc plus, — je suis bête —
Vois : mon drap n'est pas un linceul...
Je chantai cela pour moi seul...
Le vide chante dans ma tête...

Retourne contre la muraille
— Là — l'esquisse — un portrait de toi.
Malgré lui mon œil soûl travaille
Sur la toile... C'était de moi.

. . .

J'entends — bourdon de la fièvre —
Un chant de berceau me monter :
« *J'entends le renard, le lièvre,*
« *Le lièvre, le loup chanter.* »

... Va ! nous aurons une chambrette
Bien fraîche, à papier bleu rayé,
Avec un vrai bon lit honnête
A nous, à rideaux... et payé !

Et nous irons dans la prairie
Pêcher à la ligne tous deux,
Ou bien *mourir pour la patrie* !...
— Tu sais, je fais ce que tu veux.

... Et nous aurons des robes neuves,
Nous serons riches à bâiller
Quand j'aurai revu *mes épreuves* !
— Pour vivre, il faut bien travailler...

— Non ! mourir...
La vie était belle
Avec toi, mais rien ne va plus...
A moi le pompon d'immortelle
Des grands poètes que j'ai lus !

A moi, *Myosotis* ! *Feuille morte*
De *Jeune malade à pas lent* !
Souvenir de soi... qu'on emporte
En croyant le laisser — souvent !

— Décès : Rolla : l'Académie —
Murger, Baudelaire : — hôpital, —
Lamartine : — en perdant la vie
De sa fille, en strophes pas mal...

Doux bedeau, pleureuse en lévite,
Harmonieux tronc des *moissonnés*,
Inventeur de la *larme écrite*,
Lacrymatoire d'abonnés !...

Moreau — j'oubliais — Hégésippe,
Créateur de l'art-hôpital...
Depuis, j'ai la phtisie en grippe ;
Ce n'est plus même original.

Escousse encor : mort en extase
De lui ; mort phtisique d'orgueil.
Gilbert : phtisie et paraphrase
Rentrée, en se pleurant *à l'œil*.

— Un autre incompris : Lacenaire,
Faisant des vers en amateur
Dans le goût anti-poitrinaire,
Avec Sanson pour éditeur.

— Lord Byron, gentleman-vampire,
Hystérique du ténébreux ;
Anglais sec, cassé par son rire,
Son noble rire de lépreux.

— Hugo : l'home apocalyptique,
L'Homme-ceci-tuera-cela,
Garde national épique !
Il n'en reste qu'un — celui-là ! —

Puis... un tas d'amants de la lune,
Guère plus morts qu'ils n'ont vécu,
Et changeant de fosse commune
Sans un discours, sans un écu !

J'en ai vu mourir !... Et ce cygne
Sous le couteau du cuisinier
— Chénier... — Je me sens — mauvais signe :
De la jalousie. — O métier !

Métier ! Métier de mourir...
Assez, j'ai fini mon étude.
Métier : se rimer finir !...
C'est une affaire d'habitude.

Mais non la poésie est : vivre,
Paresser encore, et souffrir
Pour toi, maîtresse ! et pour mon livre ;
Il est là qui dort.
— Non : mourir !

. . . .

Sentir sur ma lèvre appauvrie
Ton dernier baiser se gercer,
La mort dans tes bras me bercer...
Me déshabiller de la vie !...

(Charenton. — Avril).

INSOMNIE

Insomnie, impalpable Bête !
N'as-tu d'amour que dans la tête,
Pour venir te pâmer à voir,
Sous ton mauvais œil, l'homme mordre
Ses draps, et dans l'ennui se tordre !...
Sous ton œil de diamant noir.

Dis : pourquoi, durant la nuit blanche,
Pluvieuse comme un dimanche,
Venir nous lécher comme un chien :
Espérance ou Regret qui veille,
A notre palpitante oreille
Parler bas... et ne dire rien ?

Pourquoi, sur notre gorge aride,
Toujours pencher ta coupe avide
Et nous laisser le cou tendu,

Tantales, soiffeurs de chimère :
— Philtre amoureux ou lie amère,
Fraîche rosée ou plomb fondu ! —

Insomnie, es-tu donc pas belle ?...
Eh pourquoi, lubrique pucelle,
Nous étreindre entre tes genoux ?
Pourquoi râler sur notre bouche,
Pourquoi défaire notre couche,
Et... ne pas coucher avec nous ?

Pourquoi, Belle-de-nuit impure,
Ce masque noir sur ta figure ?...
— Pour intriguer les songes d'or ?
N'es-tu pas l'amour dans l'espace,
Souffle de Messaline lasse,
Mais pas rassasiée encor !

Insomnie, es-tu l'Hystérie...
Es-tu l'orgue de Barbarie
Qui moud l'*Hosannah* des Élus ?...
— Ou n'es-tu pas l'éternel plectre,
Sur les nerfs des damnés de lettre,
Raclant leurs vers — qu'eux seuls ont lus ?

Insomnie, es-tu l'âne en peine
De Buridan — ou le phalène
De l'enfer ? — Ton baiser de feu
Laisse un goût froidi de fer rouge...
Oh ! viens te poser dans mon bouge !...
Nous dormirons ensemble un peu.

LA PIPE AU POÈTE

Je suis la Pipe d'un poète,
Sa nourrice, et : j'endors *sa Bête.*

Quand ses chimères éborgnées
Viennent se heurter à son front,
Je fume... Et lui, dans son plafond,
Ne peut plus voir les araignées.

... Je lui fais un ciel, des nuages,
La Mer, le désert, des mirages ;
Il laisse errer là son œil mort...

Et, quand lourde devient la nue,
Il croit voir une ombre connue,
— Et je sens mon tuyau qu'il mord...

— Un autre tourbillon délie
Son âme, son carcan, sa vie !
... Et je me sens m'éteindre. — Il dort.

. . . .

— Dors encor : la *Bête* est calmée,
File ton rêve jusqu'au bout...
Mon Pauvre !... la fumée est tout
— S'il est vrai que tout est fumée...

(Paris. — Janvier).

LE CRAPAUD

Un chant dans une nuit sans air...
— La lune plaque en métal clair
Les découpures du vert sombre.

Un chant ; comme un écho, tout vif
Enterré, là, sous le massif...
— Ça se tait : Viens, c'est là, dans l'ombre...

— Un crapaud ! — Pourquoi cette peur,
Près de moi, ton soldat fidèle ?
Vois-le, poète tondu, sans aile,
Rossignol de la boue... — Horreur ! —

— Il chante. — Horreur !! — Horreur pourquoi ?
Vois-tu pas son œil de lumière...
Non : il s'en va, froid, sous sa pierre.
. . . .
Bonsoir — ce crapaud-là, c'est moi.

(Le soir, 20 juillet).

FEMME

La Bête féroce.

Lui, cet être faussé, mal aimé, mal souffert,
Mal haï — mauvais livre... et pire : il m'intéresse. —
S'il est vide, après tout... oh ! mon Dieu, je le laisse,
Comme un roman pauvre — entr'ouvert.

Cet homme est laid...— Et moi, ne suis-je donc pas belle ?
Et belle encore pour nous deux !
En suis-je donc enfin aux rêves de pucelle ?...
— Je suis reine . qu'il soit lépreux !

Où vais-je — femme! — Après... Suis-je donc pas légère
Pour me relever d'un faux pas ?
Est ce donc lui que j aime ?—Eh non! c'est son mystère..
Celui que peut-être il n'a pas.

Plus il m'évite, et plus et plus il me poursuit...
Nous verrons ce dédain suprême.
Il est rare à croquer, celui-là qui me fuit !...
Il me fuit. — Eh bien non !... Pas même.

... Aurais-je ri pourtant ! si, comme un galant homme,
Il avait allumé ses feux...
Comme Eve — femme aussi — qui n'aimait pas la Pomme,
Je ne l'aime pas — et j'en veux !

C'est innocent. — Et lui ?... Si l'arme était chargée...
— Et moi, j'aime les vilains jeux !
Et... l'on sait amuser, avec une dragée
Haute, un animal ombrageux.

De [illegible] ce regard, ce mauvais œil qui touche :
Monsieur poserait le fatal ?
Je suis myope, il est vrai... Peut-être qu'il est louche ;
Je l'ai vu si peu — mais si mal...

... Et si je le laissais se draper en quenouille,
Seul dans sa honteuse fierté !...
— Non. Je sens me ronger, comme ronge la rouille,
Mon orgueil malade, irrité.

Allons donc ! c'est écrit — n'est-ce pas — dans ma tête,
En pattes-de-mouche d'enfer ;
Ecrit, sur cette page où — là — ma main s'arrête.
— Main de femme et plume de fer. —

Oui ! — Baiser de Judas. — Lui cracher à la bouche
Cet *amour* ! — Il l'a mérité,
Lui dont la triste image est debout sur ma couche,
Implacable de volupté.

Oh ! oui : coller ma langue à l'inerte sourire
Qu'il porte là comme un faux pli !
Songe creux et malsain, repoussant... qui m'attire !
. . . .
— Une nuit blanche... un jour sali...

***

DUEL AUX CAMÉLIAS

J'ai vu le soleil dur contre les touffes
Ferrailler. — J'ai vu deux fers soleiller,
Deux fers qui faisaient des parades bouffes ;
Des merles en noir regardaient briller.

Un monsieur en linge arrangeait sa manche ;
Blanc, il me semblait un gros camélia ;
Une autre fleur rose était sur la branche,
Rose comme... Et puis un fleuret plia.

— Je vois rouge...Ah oui! c'est juste: on s'égorge —
... Un camélia blanc — là — comme Sa gorge...
Un camélia jaune, — ici — tout mâché...

Amour mort tombé de ma boutonnière.
— A moi, plaie ouverte et fleur printannière !
Camélia vivant, de sang panaché !

(*Veneris Dies* 18***)

FLEUR D'ART

Oui. — Quel art jaloux dans Ta fine histoire !
Quels bibelots chers ! — Un bout de sonnet,
Un cœur gravé dans ta manière noire,
Des traits de canif à coups de stylet. —

Tout fier mon cœur porte à la boutonnière
Que tu taillas un petit bouquet
D'immortelle rouge. — Encor ta manière —
C'est du sang en fleur. Souvenir coquet.

Allons, pas de pleurs à notre mémoire !
— C'est la male mort de l'amour, ici.
Foin du myosotis, vieux sachet d'armoire !

Double femme, va !... Qu'un âne te braie !
Si tu n'étais fausse, eh, serais-tu vraie ?
L'amour est un duel : — bien touché ! Merci.

(***)

PAUVRE GARÇON

La Bête féroce.

ui, qui sifflait si haut son petit air de tête,
tait plat près de moi ; je voyais qu'il cherchait...
t ne trouvait pas, et... j'aimais le sentir bête,
e héros qui n'a pas su trouver qu'il m'aimait.

'ai fait des ricochets sur son cœur en tempête.
regardait cela... Vraiment, cela l'usait ?...
uel instrument rétif à jouer, qu'un poète !
en ai joué. Vraiment — moi — cela m'amusait.

st-il mort ?... — Ah ! — c'était, du reste, un garçon drôle.
rait-il donc trop pris au sérieux son rôle,
ns le me dire... au moins. — Car il est mort, de quoi ?..

serait-il laissé fluer de poésie ?...
rait-il mort *de chic*, de boire ou de phtisie ?...
, peut-être, après tout : de rien...
ou bien de Moi.

(***)

DÉCLIN

Comme il était bien Lui, ce Jeune plein de sève !
Apre à la vie *O Gué* !... et si doux en son rêve !
Comme il portait sa tête ou la couchait gaîment !
Hume-vent à l'amour !... Qu'il passait tristement !

Oh ! comme il était Rien !...—Aujourd'hui, sans rancune
Il a vu lui sourire, au retour, la Fortune ;
Lui ne sourira plus que d'autrefois ; il sait
Combien tout cela lui coûte et comment ça se fait.

Son cœur a pris du ventre et dit bonjour en prose.
Il est coté fort cher... ce Dieu c'est quelque chos
Il ne va plus les mains dans les poches tout nu...

Dans sa gloire qu'il porte en paletot funèbre,
Vous le reconnaîtrez : fini, banal, célèbre...
Vous le reconnaîtrez alors, cet inconnu.

BONSOIR

Et vous viendrez alors, imbécile caillette,
Taper dans ce miroir clignant qui se paillette
D'un éclis d'or, accroc de l'astre jaune, éteint.
Vous verrez un bijou dans cet éclat de tain.

Vous viendrez à cet homme, à son reflet mièvre,
Sans chaleur... Mais, au jour qu'il dardait la fièvre,
Vous n'avez rien senti, vous qui — midi passé —
Tombez dans ce rayon tombant qu'il a laissé.

Lui ne vous connaît plus, Vous, l'Ombre déjà vue,
Vous qu'il avait couchée en son ciel toute nue,
Quand il était un dieu !... Tout cela — n'en faut plus —

Croyez. — Mais lui n'a plus ce mirage qui leurre.
Pleurez. — Mais il n'a plus cette corde qui pleure.
Ses chants ?... C'était d'un autre ; il ne les a pas lus.

LE POÈTE CONTUMACE

Sur la côte d'ARMOR. — Un ancien vieux couvent.
Les vents se croyaient là dans un moulin-à-vent,
Et les ânes de la contrée,
Au lierre râpé venaient râper leurs dents
Contre un mur si troué que, pour entrer dedans,
On n'aurait pu trouver l'entrée.

— Seul — mais toujours debout avec un rare aplomb,
Crénelé comme la mâchoire d'une vieille,
Son toit à coup de poing sur le coin de l'oreille,
Aux corneilles bayant, se tenait le donjon,
Fier toujours d'avoir eu, dans le temps, sa légende...
Ce n'était plus qu'un nid à gens de contrebande,
Vagabonds de nuit, amoureux buissonniers,
Chiens errants, vieux rats, fraudeurs et douaniers.

— Aujourd'hui l'hôte était, de la borgne tourelle,
Un Poète sauvage, avec un plomb dans l'aile ;
Et tombé là parmi les antiques hiboux
Qui l'estimaient d'en haut.—Il respectait leurs trous,
Lui, seul hibou payant, comme son *bail* le porte :
Pour vingt-cinq écus l'an, dont : remettre une porte. —

Pour les gens du pays, il ne les voyait pas :
Seulement, en passant, eux regardaient d'en bas,
Se montrant du nez sa fenêtre ;
Le curé se doutait que c'était un lépreux ;
Et le maire disait : — Moi, qu'est-ce que j'y peux,
C'est plutôt un Anglais... un *Etre.*

Les femmes avaient su — sans doute par les buses —
Qu'il *vivait en concubinage avec des Muses* !...
Un hérétique enfin... Quelque *Parisien*
De Paris, ou d'ailleurs ? — Hélas ! on n'en sait rien.
Il était invisible ; et, comme *ses Donzelles*
Ne s'affichaient pas trop, on ne parla plus d'elles.

— Lui, c'était simplement un long flâneur, sec, pâle ;
Un ermite-amateur, chassé par la rafale...
Il avait trop aimé les beaux pays malsains.

Condamné des huissiers, comme des médecins,
Il avait posé là, soûl et cherchant sa place
Pour mourir seul ou pour vivre par contumace...

Faisant, d'un à peu près d'artiste,
Un philosophe d'à peu près,
Râleur de soleil ou de frais,
En dehors de l'humaine piste.

Il lui restait encore un hamac, une vielle,
Un barbet qui dormait sous le nom de *Fidèle* ;
Non moins fidèle était, triste et doux comme lui,
Un autre compagnon qui s'appelait l'Ennui.

Se mourant en sommeil, il se vivait en rêve,
Son rêve était le flot qui montait sur la grève,
Le flot qui descendait ;
Quelquefois, vaguement, il se prenait attendre...
Attendre quoi... le flot monter — le flot descendre —
Ou l'absente... Qui sait ?

Le sait-il bien lui-même !... Au vent de sa guérite,
A-t-il donc oublié comme les morts vont vite ?
Lui, ce viveur vécu, revenant égaré,
Cherche-t-il son follet, à lui, mal enterré ?

— Certe, Elle n'est pas loin, celle après qui tu brames,
O Cerf de Saint-Hubert! Mais ton front est sans flammes
N'apparais pas, mon vieux, triste et faux déterré..
Fais le mort si tu peux... Car elle t'a pleuré !

— Est-ce qu'il pouvait, Lui !... n'était-il pas poète...
Immortel comme un autre ?... Et dans sa pauvre tête
Déménagée, encore il sentait que les vers
Hexamètres faisaient les cent pas de travers.

— Manque de savoir-vivre extrême — il survivait —
Et — manque de savoir mourir — il écrivait :

« C'est un être passé de cent lunes, ma Chère,
En ton cœur poétique, à l'état légendaire.
Je rime, donc je vis... ne crains pas, c'est *à blanc*,
— Une coquille d'huître en rupture de banc ! —
Oui, j'ai beau me palper ; c'est moi ! Dernière faute.
En route pour les cieux — car ma niche est si haute ! —
Je me suis demandé, prêt à prendre l'essor :
Tête ou pile... — Et voilà — je me demande encor... »

« C'est à toi que je fis mes adieux à la vie,
A toi qui me pleuras, jusqu'à me faire envie

De rester me pleurer avec toi. Maintenant
C'est joué, je ne suis qu'un gâteux revenant,
En os et.. (j'allais dire en chair). — La chose est sûre.
C'est bien moi, je suis là. — mais comme une rature. »

« Nous étions amateurs de curiosité :
Viens voir *le Bibelot.* — Moi j'en suis dégoûté. —
Dans mes dégoûts surtout, j'ai des goûts élégants ;
Tu sais : j'avais lâché la Vie avec des gants ;
L'*Autre* n'est pas même à prendre avec des pincettes...
Je cherche au mannequin de nouvelles toilettes. »

« Reviens m'aider: Tes yeux dans ces yeux-là ! Ta lèvre
Sur cette lèvre !... Et, là, ne sens-tu pas ma fièvre
— Ma *fièvre de Toi* ?... — Sous l'orbe est-il passé
L'arc-en-ciel au charbon par nos nuits laissé ?
Et cette étoile ?... — Oh ! va, ne cherche plus l'étoile
Que tu voulais voir à mon front ;
Une araignée a fait sa toile,
Au même endroit — dans le plafond. »

« Je suis un étranger. — Cela vaut mieux peut-être...
— Eh bien ! non, viens encore un peu me reconnaître ;
Comme au bon saint Thomas, je veux te voir la foi.
Je veux te voir toucher la plaie et dire : — Toi ! —

« Viens encor me finir — c'est très gai. De ta chambre,
Tu verras mes moissons — nous sommes en décembre —
Mes grands bois de sapin, les fleurs d'or des genêts,
Mes bruyères d'Armor... — en tas sur les chenêts.
Viens te gorger d'air pur. Ici j'ai de la brise
Si franche !... que le bout de ma toiture en frise.
Le soleil est si doux... — qu'il gèle tout le temps.
Le printemps... — Le printemps, n'est-ce pas tes vingt ans
On n'attend plus que toi, vois : déjà l'hirondelle
Se pose... en fer rouillé, clouée à ma tourelle. —
Et bientôt nous pourrons cueillir le champignon...
Dans mon escalier que dore... un lumignon.
Dans le mur qui verdoie existe une pervenche
Sèche. — ... Et puis nous irons à l'eau *faire* la planche
— Planche d'épave au sec — comme moi — sur ces plages
La Mer roucoule sa *Berceuse pour naufrages* ;
Barcarolle du soir... pour les canards sauvages. »

« En *Paul et Virginie*, et virginaux — veux-tu —
Nous nous mettrons au vert du paradis perdu...
Ou *Robinson avec Vendredi* — c'est facile :
La pluie a déjà fait, de mon royaume, une île. »

« Si pourtant, près de moi, tu crains la solitude,
Nous avons des amis, sans fard : un braconnier ;

ɔmpter un caban bleu, qui, par habitude,
ujours les cent pas et contient un douanier...
clercs d'huissier ! J'ai le clair de la lune,
amis pierrots amoureux sans fortune. »

nos nuits !... *Belles nuits pour l'orgie à la tour* !
la Roméo ! — Jamais il ne fait jour. —
ure au réveil — réveil de déchaînée —
nt son drap blanc... éteint ma cheminée.
nes rossignols... rossignols d'ouragans —
ɔmme des pinsons — sanglots de chats-huans !
ɔuette dérouille en haut sa tyrolienne
entend gémir ma porte éolienne,
chez saint Antoine en sa tentation...
ns ! joli Suppôt de la séduction ! »

p ! les rats du grenier dansent des farandoles !
doises du toit roulent en castagnoles !
lles du logis...
Non, je n'ai plus de Folles ! »

mme je revendrais ma dépouille à Satan
tentait avec un petit Revenant...

— Toi — Je te vois partout, mais comme un vo
Je t'adore... Et c'est pauvre : adorer ce qu'on a
Apparais, un poignard dans le cœur ! — Ce ser
Tu sais bien, comme dans *Inès de La Sierra*...
— On frappe... oh ! c'est quelqu'un...
Hélas ! oui, c'est un rat

— « Je rêvasse... et toujours c'est *Toi*. Sur toute
Comme un esprit follet, ton souvenir se pose :
Ma solitude — *Toi* ! — Mes hiboux à l'œil d'or :
— *Toi*! — Ma girouette folle : Oh *Toi*!... — Que sa
— *Toi* ! mes volets ouvrants les bras dans la tem
Une lointaine voix : c'est Ta chanson ! — c'est f
Les rafales fouaillant Ton nom perdu — c'est b
C'est bête, mais c'est *Toi* ! Mon cœur au grand
Comme mes volets en pantenne,
Bat, tout affolé sous l'haleine
Des plus bizarres courants d'air. »

« Tiens... une ombre portée, un instant, est ven
Dessiner ton profil sur la muraille nue,
Et j'ai tourné la tête... — Espoir ou souvenir —
Ma Sœur Anne, à ta tour, voyez-vous pas venir ?

— Rien ! — je vois... je vois, dans la froide chambrette,
Mon lit capitonné de *satin de brouette* ;
Et mon chien qui dort dessus — pauvre animal —
... Et je ris... parce que ça me fait un peu mal. »

« J'ai pris, pour t'appeler, ma vielle et ma lyre,
Mon cœur fait de l'esprit — le sot — pour se leurrer...
Viens pleurer, si mes vers ont pu te faire rire ;
Viens rire, s'ils t'ont fait pleurer... »

« Ce sera drôle... Viens jouer à la misère.
D'après nature : — *Un cœur avec une chaumière.* —
... Il pleut dans mon foyer, il pleut dans mon cœur feu.
Viens ! Ma chandelle est morte et je n'ai plus de feu. »

Sa lampe se mourait. Il ouvrit la fenêtre.
Le soleil se levait. Il regarda sa lettre,
Rit et la déchira... Les petits morceaux blancs,
Dans la brume semblaient un vol de goélands.

(Pemmarch — jour de Noël).

SÉRÉNADE DES SÉRÉNADES

SONNET DE NUIT

O croisée ensommeillée,
Dure à mes trente-six morts !
Vitre en diamant, éraillée
Par mes atroces accords !

Herse hérissant rouillée
Tes crocs où je pends et mords !
Oubliette verrouillée
Qui me renfermes... dehors !

Pour toi, Bourreau que j'encense,
L'amour n'est donc que vengeance ?...
Ton balcon : gril à brasier ?

Ton col : collier de garotte ?...
Eh bien ! ouvre, Iscariote,
Ton judas pour un baiser !

GUITARE

Je sais rouler une amourette
En cigarette,
Je sais rouler l'or et les plats !
Et les filles dans de beaux draps !

Ne crains pas de longueurs fidèles :
Pour mules mes pieds ont des ailes ;
Voleur de nuit, hibou d'amour,
M'envole au jour.

Connais-tu Psyché ? — Non ? — Mercure
Cendrillon et son aventure ?
— Non ? — Eh bien ! tout cela, c'est moi
Nul ne me voit.

Et je te laisserais bien fraîche
Comme un petit Jésus en crèche,
Avant le rayon indiscret...
— Je suis si laid ! —

Je sais flamber en cigarette
Une amourette,
Chiffonner et flamber les draps,
Mettre les filles dans les plats !

RESCOUSSE

Si ma guitare
Que je répare,
Trois fois barbare,
Kriss indien,

Cri de supplice,
Bois de justice,
Boîte à malice,
Ne fait pas bien...

Si ma voix pire
Ne peut te dire
Mon doux martyre...
— Métier de chien !

Si mon cigare,
Viatique et phare,
Point ne t'égare ;
— Feu de brûler...

Si ma menace,
Trombe qui passe,
Manque de grâce ;
— Muet de hurler...

Si de mon âme
La mer en flamme
N'a pas de lame,
— Cuit de geler...

Vais m'en aller

TOIT

Tiens non ! J'attendrai tranquille,
    Planté sous le toit,
Qu'il me tombe quelque tuile,
    Souvenir de toi !

J'ai tondu l'herbe, je lèche
    La pierre, altéré
Comme *la Colique-sèche*
    De Miserere !

Je crèverai — Dieu me damne !
Ton tympan, ou la peau d'âne
    De mon bon tambour !

Dans ton boîtier, ô Fenêtre
Calme et pure, gît peut-être...
. . . .
Un vieux monsieur sourd !

LITANIE

Non... Mon cœur te sent là, Petite,
Qui dors pour me laisser plus vite
Passer ma nuit, si longue encor,
Sur le pavé comme un rat mort...

Dors. — La berceuse litanie
Sérénade jamais finie
Sur Ta lèvre reste poser
Comme une haleine de baiser :

— « Nénuphar du ciel ! Blanche Etoile !
« Tour ivoirine ! Nef sans voile !
« *Vesper, amoris Aurora* ! »

Ah ! je sais les répons mystiques,
Pour le cantique des cantiques
Qu'on chante... au Diable, Senora !

CHAPELET

A moi, grand chapelet ! pour égrener mes plaintes,
Avec tous les Ave de *Sa Perfeccion*,
Son nom et tous les noms de ses Fêtes et Saintes...
Du Mardi-Gras jusqu'à la *Circoncicion* :

— *Navaja-Dolorès-y-Crucificcion* !...
— Le Christ avait au moins son éponge d'absinthe... —
Quand donc arriverai-je à ton *Ascencion* !...
— Isaac Laquedem, prête-moi ta complainte.

— *O Todas-las-Santas* ! Tes vitres sont pareilles,
Secundum ordinem, à ces fonds de bouteilles
Qu'on casse à coups de trique à la *Quasimodo*...

Mais, ô *Quasimodo*, tu ne viens pas encore ;
Pour casse-tête, hélas ! je n'ai que ma mandore.
— *Se habla espanol : Paraque... raquando* ?...

ELIZIR D'AMOR

Tu ne me veux pas en rêve ?
Tu m'auras en cauchemar !
T'écorchant au vif, sans trêve,
— Pour moi... pour l'amour de l'art.

— Ouvre : je passerai vite.
Les nuits sont courtes, l'été...
Mais ma musique est maudite,
Maudite en l'éternité !

J'assourdirai les recluses,
Éreintant à coup de pieux
Les Neuf et les autres Muses...
Et qui n'en iront que mieux !...

Répéterai tous mes rôles
Borgnes — et d'aveugle aussi...
D'ordinaire tous ces drôles
Ont assez bon *œil* ici :

— A genoux, haut Cavalier !
A pied, traînant ma rapière,
Je baise dans la poussière
Les Traces de Ton soulier !

— Je viens, Pèlerin austère,
Capucin et Troubadour,
Dire mon bout de rosaire
Sur la viole d'amour.

— Bachelier de Salamanque,
Le plus simple et le dernier...
Ce fonds jamais ne me manque :
— Tout vœux ! et pas un denier ! —

— Retapeur de casseroles,
Sale Gitan vagabond,
Je claque des castagnoles
Et chatouille le jambon...

Pas-de-loup, loup sur la face,
Moi chien-loup maraudeur,
J'erre en offrant de ma race :
Pur-Don-Juan-du-Commandeur. —

Maîtresse peut me connaître,
Chiens parmi les chien perdus :
Abélard n'est pas mon maître,
Alcibiade non plus !

VÉNERIE

O Vénus, dans ta Vénerie
Limier et piqueur à la fois,
Valet-de-chiens et d'écurie,
J'ai vu l'Hallali, les Abois !...

Que Diane aussi me sourie !...
A cors, à cris, à pleine voix
Je fais le pied, je fais le bois ;
Car on dit que : *bête varie*...

— Un pied de biche : le voici,
Cordon de sonnette sur rue ;
— Bois de cerf : de la porte aussi ;
— Et puis un pied : un pied de grue !...

O Fauve après qui j'aboyais,
— Je suis fourbu, qu'on me relaie ! —
O bête ! es-tu donc une laie ?
. . . .
Biens moins sauvage te croyais !

VENDETTA

Tu ne veux pas de mon âme
Que je jette à tour de bras :
Chère, tu me le payeras !...
Sans rancune — je suis femme ! —

Tu ne veux pas de ma peau :
Venimeux comme un jésuite,
Prends garde !... je suis ensuite
Jésuite comme un crapaud,

Et plat comme la punaise,
Compagne que j'ai sur moi,
Pure... mais, — ne te déplaise, —
Je te préférerais, Toi !

— Je suis encor, Ma Très Chère,
Serpent comme le serpent
Froid, coulant, poisson rampant
Qui fit pécher ta grand'

Et tu ne vaux pas, Pécore,
Beaucoup plus qu'elle, je croi...
Vaux-tu ma chanson, encore ?...
Me vaux-tu seulement, moi !...

HEURES

Aumône au malandrin en chasse !
Mauvais œil à l'œil assassin !
Fer contre fer au spadassin !
— Mon âme n'est pas en état de grâce ! —

Je suis le fou de Pampelune,
J'ai peur du rire de la Lune,
Cafarde, avec son crêpe noir...
Horreur ! tout est donc sous un éteignoir ?

J'entends comme un bruit de crécelle...
C'est la male heure qui m'appelle.
Dans le creux des nuits tombe: un glas...deux glas

J'ai compté plus de quatorze heures...
L'heure est une larme — Tu pleures,
Mon cœur !... Chante encor, va — ne compte pas.

CHANSON EN *SI*

Si j'étais noble Faucon,
Tournoirais sur ton balcon...
— Taureau : foncerais ta porte...
— Vampire : te boirais morte...
Te boirais !

— Geôlier : lèverais l'écrou...
— Rat : ferais un petit trou...
Si j'étais brise alizée,
Te mouillerais de rosée...
Roserais !

Si j'étais gros Confesseur,
Te fouaillerais, ô ma Sœur !
Pour seconde pénitence,
Te dirais ce que je pense...
Te dirais...

Si j'étais un maigre Apôtre.
Dirais : « Donnez-vous l'un l'autre,
Pour votre faim apaiser,
Le pain-d'amour : Un baiser. »
Si j'étais !...

Si j'étais Frère-quêteur,
Quêterais ton petit cœur
Pour Dieu le Fils et le Père,
L'Eglise leur Sainte-Mère...
Quêterais !

Si j'étais Madone riche,
Jetterais bien, de ma niche,
Un regard, un sou béni,
Pour le cantique fini...
Jetterais !

Si j'étais un vieux bedeau,
Mettrais un cierge au rideau...
D'un goupillon d'eau bénite
L'éteindrais, la vespre dite,
L'éteindrais !

Si j'étais roide pendu,
Au ciel serais tout rendu :
Grimperais après ma corde,
Ancre de miséricorde,
Grimperais !

Si j'étais femme... eh, la Belle,
Te ferais ma Colombelle...
A la porte les galants
Pourraient se percer les flancs...
Te ferais...

Enfant, si j'étais la duègne
Rossinante qui te peigne,
SENORA, si j'étais Toi...
J'ouvrirais au pauvre Moi,
— Ouvrirais ! —

PORTES ET FENÊTRES

N'entends-tu pas ? — Sang et guitare ! —
Réponds !... je damnerai plus fort.
Nulle ne m'a laissé, Barbare,
Aussi longtemps me crier mort !

Ni faire autant de purgatoire !...
Tu ne vois ni n'entends mes pas,
Ton œil est clos, la nuit est noire :
Fais signe. — Je ne verrai pas.

En enfer j'ai pavé ta rue.
Tous les damnés sont en émoi..
Trop incomparable Inconnue !
Si tu n'es pas là... préviens-moi !

A damner je n'ai plus d'alcades,
Je ne fais que me damner, moi,
En serinant mes sérénades...
— Il ne reste à damner que Toi !

GRAND OPÉRA

1er ACTE (*Vêpres*).

Dors sous le tabernacle, ô Figure de cire !
Triple Châsse, vierge et martyre,
Derrière un verre, sous le plomb,
Et dans les siècles des siècles... ... Comme c'est long !

Portes-tu ton cœur d'or sur ta robe lamée ?
Ton âme veille-t-elle en la lampe allumée ?...

Elle est éteinte
Cette huile sainte...
Il est éteint
Le sacristain !...

L'orgue sacré, ses flots, et ses bruits de rafale
Sous les voûtes font-ils frissonner ton front pâle ?...

Dans ton éternité sais-tu la barbarie
De mon orguè infernal, *orgue de Barbarie* ?
Du prêtre, sous l'autel, n'ouïs-tu pas les pas
Et le mot qu'à l'Hostie il murmure tout bas ?...

— Eh bien ! moi j'attendrai que sur ton oreiller,
La trompette de Dieu vienne te réveiller !

. . . .

Châsse, ne sais-tu pas qu'en passant ta chapelle,
De par le Pape, tout fidèle,
Evêque, publicain ou lépreux, a le droit
De t'entr'ouvrir sa plaie et d'en toucher ton doigt ?...
A Saint-Jacques de Compostelle
J'en ai bien fait autant pour un bout de chandelle.
A ce prix-là je dois baiser la blanche hostie
Qui scelle, sur ta bouche en or, ta chasteté
Close en odeur de sainteté...
. . . .
Cordieu ! Madame est donc sortie ?...

IIe ACTE (*Sabbat*).

Je suis un bon ange, ô bel Ange !
Pour te couvrir, doux gardien...
La terre maudite me tient.
Ma plume a trempé dans la fange...

Ha ! je ne bats plus que d'une aile !...
Prions... l'esprit du Diable est prompt...
— Ah ! si j'étais lui, de quel bond
Je serais sur toi, la Donzelle !

... Ma blanche couronne à ma tête
Déjà s'effeuille ; la tempête
Dans mes mains a brisé mon lys...

— Par Belzébuth ! contre la borne
Je viens de me rompre la corne !
. . . .
Comme les trucs sont démolis !

IIIe ACTE (*Sereno*).

Hola !... je vois poindre un fanal oblique :
— Flamberge au vent, joli Muguet !
Sangre Dios ! rossons le guet !

Un bonhomme mélancolique
Chante : — Bonsoir Senor, Senor Caballero,
Sereno... — Sereno toi-même !
— Minuit : second jour de carême,
Prêtez-moi donc un cigaro...

Gracia ! la Vierge vous garde !

— La Vierge ?... grand merci, vieux ! Je sens la moutarde !..
— Par Saint-Joseph ! Senor, que faites-vous ici ? —
— Mais... pas grand'chose et toi, merci.

— C'est pour votre plaisir ?... — Je damne les alcades
De Tolose au Guadalété !
— Il est un violon, là-bas sous les arcades...
Ça : n'as-tu jamais arrêté
Musset... musset pour sérénade ?

Santos ! ... non, sur la promenade,
Je n'ai jamais vu de mussets...
— Son page était en embuscade...
— *Ah Caramba* ! Monsieur est un senor Français
Qui vient nous la faire à l'aubade ?...

PIÈCE A CARREAUX

Ah ! si Vous avez à Tolède,
Un vitrier
Qui vous forge un vitrail plus raide
Qu'un bouclier,

A Tolède j'irai ma flamme
Souffler, ce soir ;
A Tolède tremper la lame
De mon rasoir !

Si cela ne vous amadoue :
Vais aiguiser,
Contre tous les cuirs de Cordoue,
Mon dur baiser :

— Donc — à qui rompra : votre oreille :
Ou bien mes vers !
Ma corde à boyaux sans pareille,
Ou bien vos nerfs ?

A qui fendra : ma castagnette,
Ou bien vos dents !
L'idole en grès, ou le Squelette
Aux yeux dardants ?

— A qui fondra : vous ou mes cierges,
O plombs croisés !...
En serez-vous beaucoup plus vierges,
Carreaux cassés ?

Et Vous qui faites la cornue,
Ange là-bas,
En serez-vous un peu moins nue,
Les habits bas ?

— Ouvre ! fenêtre à guillotine :
C'est le bourreau !
— Ouvre donc ! porte de cuisine !
C'est Figaro.

Je soupire, en vache espagnole,
Ton numéro
Qui n'est, en français, Vierge molle !
Qu'un grand ZÉRO.

RACCROCS

LAISSER-COURRE

Musique de : Isaac Laquedem

J'ai laissé la potence
Après tous les pendus,
Andouilles de naissance,
Maigres fruits défendus ;
Les plumes aux canards
Et la queue aux renards...

Au Diable aussi sa queue,
Et ses cornes aussi ;
Au ciel sa chose bleue
Et la Planète — ici,
Et puis tout : n'importe où
Dans le désert au clou.

J'ai laissé dans l'Espagne
Le reste et mon château ;
Ailleurs, à la campagne,

Ma tête et son chapeau ;
J'ai laissé mes souliers
Sirènes, à vos pieds !

J'ai laissé par les mondes,
Parmi tous les frisons
Des chauves, brunes, blondes
Et rousses... mes toisons.
Mon épée aux vaincus,
Ma maîtresse aux cocus...

Aux portes les portières,
La portière au portier,
Le bouton aux rosières,
Les roses au rosier,
A l'huys les huissiers,
Créance aux créanciers...

Dans mes veines ma veine,
Mon rayon au soleil,
Ma dégaine en sa gaine,
Mon lézard au sommeil ;
J'ai laissé mes amours
Dans les tours, dans les fours...

Et ma cotte de maille
Aux artichauts de fer
Qui sont à la muraille
Des jardins de l'Enfer ;
Après chaque oripeau
J'ai laissé de ma peau.

J'ai laissé toute chose
Me retirer du nez
Des vers, en vers, en prose...
Aux bornes, les bornés ;
A tous les jeux partout,
Des rois et de l'atout.

J'ai laissé la police
Captive en liberté,
J'ai laissé la Palisse
Dire la vérité...
Laissé courre le sort
Et ce qui court encor.

J'ai laissé l'Espérance,
Vieillissant doucement,
Retomber en enfance,

Vierge folle sans dent.
J'ai laissé tous les Dieux,
J'ai laissé pire et mieux.

J'ai laissé bien tranquilles
Ceux qui ne l'étaient pas,
Aux pattes imbéciles
J'ai laissé tous les plats ;
Aux poètes la foi...
Puis me suis laissé moi.

Sous le temps, sans égides
M'a malmené fort bien
La vie à grandes guides...
Au bout des guides — rien —
... Laissé, blasé, passé,
Rien ne m'a rien laissé...

A MA JUMENT SOURIS

Pas d'éperon ni de cravache,
N'est-ce pas, Maîtresse à poil gris...
C'est bon à pousser une vache,
Pas une petite souris.

Pas de mors à ta pauvre bouche :
Je t'aime, et ma cuisse te touche.
Pas de selle, pas d'étrier :
J'agace du bout de ma botte,
Ta patte d'acier fin qui trotte.
Va : je ne suis pas cavalier...

— Hurrah ! c'est à nous la poussière !
J'ai la tête dans ta crinière,
Mes deux bras te font un collier.
— Hurrah ! c'est à nous le hallier !

— Hurrah ! c'est à nous la barrière !
Je me suis emballé : tu me tiens —
Hurrah !... et le fossé derrière...
Et la culbute !... — Femme, tiens !!

A LA DOUCE AMIE

Ça : badinons — j'ai ma cravache —
Prends ce mors, bijou d'acier gris ;
— Tiens : ta dent joueuse le mâche,
En serrant un peu : tu souris...

— Han !... C'est pour te faire la bouche...
— Vlan :... C'est pour chasser une mouche...
Veux-tu sentir te chatouiller
L'éperon, honneur de ma botte ?...
— Et la *Folle-du-logis* trotte... —
Jouons à l'Amour-cavalier !

Porte-beau ta tête altière,
Laisse mes doigts dans ta crinière...
J'aime voir ton beau col ployer !...
Demain : je te donne un collier.

— Pourquoi regarder en arrière !...
Ce n'est rien : c'est une étrivière...
Une étrivière... et — je te tiens !
. . . .
Et tu m'as aimé... — rosse tiens !

A MON CHIEN POPE

— GENTLEMAN DOG– FROM NEW–LAND —

mort d'une balle.

Toi : ne pas suivre en domestique,
Ni lécher en fille publique !
— Maître-philosophe cynique ;
N'être pas traité comme un chien,
Chien ! tu le veux — et tu fais bien.

— Toi ! rester toi ; ne pas connaître
Ton écuelle ni ton maître,
Ne jamais marcher sur les mains,
Chien ! — c'est bon pour les humains.

... Pour l'amour — qu'à cela ne tienne :
Viole des chiens — Gare la Chienne !

Mords — Chien — et nul ne te mordra.
Emporte le morceau — Hurrah ! —

Mais après, ne fais pas la bête ;
S'il faut payer — paye — Et fais tête
Aux fouets qu'on te montrera.

— Pur ton sang ! pur ton chic sauvage !
— Hurler, nager —
Et, si l'on te fait enrager...
— Enrage !

Ile de Batz. — Octobre.

A UN JUVÉNAL DE LAIT

Incipe, parve puer, risu cognoscere...

A grands coups d'aviron de douze pieds, tu rames
En vers... et contre tout — Hommes, auvergnats, femmes. —
Tu n'as pas vu l'endroit et tu cherches l'envers.
Jeune renard en chasse... Ils sont trop verts — tes vers

C'est le *vers solitaire*. — On le purge. — *Ces Dames*
Sont le remède. Après, tu feras de tes nerfs
Des cordes à boyau, quand, guitares sans âmes,
Les vers te reviendront déchantés et soufferts.

Hystérique à rebours, ta Muse est trop superbe,
Petit cochon de lait, qui n'as goûté qu'en herbe
L'âcre saveur du fruit encore défendu.

Plus tard, tu colleras sur papier tes pensées,
Fleurs d'herboriste, mais, autrefois ramassées...
Quand il faisait beau temps au paradis perdu.

A UNE DEMOISELLE

Pour Piano et Chant.

La dent de ton Erard, râtelier osanore,
Et scie et broie à cru, sous son tic tac nerveux,
La gamme de tes dents, autre clavier sonore...
Touches qui ne vont pas aux cordes des cheveux !

— Cauchemar de meunier, ta : *Rêverie agile* !
— Grattage, ton : *Premier amour à quatre mains* !
O femme transposée en *Morceau difficile*,
Tes croches sans douleur n'ont pas d'accents humains !

Déchiffre au clavecin cet accord de ma lyre ;
Télégraphe à musique, il pourra le traduire ;
Cri d'os, dur, sec, qui plaque et casse — Plangorer...

Jamais ! — La *Clef-de-Sol* n'est pas la clef de l'âme,
La *Clef-de-Fa* n'est pas la syllabe de *Femme*,
Et deux *demi-soupirs*... ce n'est pas soupirer.

DÉCOURAGEUX

Ce fut un vrai poète : il n'avait pas de chant.
Mort, il aimait le jour et dédaigna de geindre.
Peintre : il aimait son art — Il oublia de peindre...
Il voyait trop. — Et voir est un aveuglement.

— Songe-creux : bien profond il resta dans son rêve ;
Sans lui donner la forme en baudruche qui crève,
Sans *ouvrir le bonhomme*, et se chercher dedans.

— Pur héros de roman : il adorait la brune,
Sans voir s'elle était blonde... Il adorait la lune ;
Mais il n'aima jamais — Il n'avait pas le temps.

— Chercheur infatigable : Ici-bas où l'on rame,
Il regardait ramer, du haut de sa grande âme,
Fatigué de pitié pour ceux qui ramaient bien...

Mineur de la pensée : il touchait son front blême,
Pour gratter un bouton ou gratter le problème
Qui travaillait là — Faire rien. —

— Il parlait : « Oui, la Muse est stérile ! elle est fille
« D'amour, d'oisiveté, de prostitution ;
« Ne la déformez pas en ventre de famille
« Que couvre un étalon pour la production ! »

« O vous tous qui gâchez, maçons de la pensée !
« Vous tous que son caprice a touchés en amants,
« — Vanité, vanité — La folle nuit passée,
« Vous l'affichez *en charge* aux yeux ronds des manants !

« Elle vous effleurait, vous, comme chats qu'on noie,
« Vous avez accroché son aile ou son réseau,
« Fiers d'avoir dans vos mains un bout de plume d'oie,
« Ou des poils à gratter, en façon de pinceau ! »

— Il disait : « O naïf Océan ! O fleurettes,
« Ne sommes-nous pas là, sans peintres, ni poètes !...
« Quel vitrier a peint ! quel aveugle a chanté !...
« Et quel vitrier chante en raclant sa palette,

« Ou quel aveugle a peint avec sa clarinette !
« Est-ce l'art ?... »
— Lui resta dans le Sublime Bête
Noyer son orgueil vide et sa virginité.

(Méditerranée)

RAPSODIE DU SOURD

*A Madame D****

L'homme de l'art lui dit : — Fort bien, restons-en là.
Le traitement est fait : vous êtes sourd. Voilà
Comme quoi vous avez l'organe bien perdu. —
Et lui comprit trop bien, n'ayant pas entendu.

— « Eh bien, merci, Monsieur, vous qui daignez me rendre
            La tête comme un bon cercueil.
Désormais, à crédit, je pourrai tout entendre
            Avec un légitime orgueil...

A l'œil. — Mais gare à l'œil jaloux, gardant la place
De l'oreille au clou !... — Non. — A quoi sert de braver!
... Si j'ai sifflé trop haut le ridicule en face,
En face, et bassement, il pourra me baver !...

Moi, mannequin muet, à fil banal ! — Demain,
Dans la rue, un ami peut me prendre la main,

En me disant : vieux pot..., ou rien, en radouci ;
Et je lui répondrai : — Pas mal et vous, merci ! —

Si l'un me corne un mot, j'enrage de l'entendre ;
Si quelque autre se tait : serait-ce par pitié ?...
Toujours, comme un *rebus*, je travaille à surprendre
Un mot de travers... — Non. — On m'a donc oublié !

— Ou bien — autre guitare — un officieux être
Dont la lippe me fait le mouvement de paître,
Croit me parler... Et moi je tire, en me rongeant,
Un sourire idiot — d'un air intelligent !

— Bonnet de laine grise enfoncé sur mon âme !
Et — coup de pied de l'âne...Hue! — Une bonne-femme,
Vieille Limonadière, aussi, de la Passion,
Peut venir saliver sa sainte compassion
Dans ma *trompe-d'Eustache*, à pleins cris, à plein cor,
Sans que je puisse au moins lui marcher sur un cor !

— Bête comme une vierge et fier comme un lépreux,
Je suis là, mais absent... On dit : Est-ce un gâteux,
Poète muselé, hérisson à rebours ?... —
Un haussement d'épaule, et ça veut dire : un sourd.

— Hystérique tourment d'un Tantale acoustique !
Je vois voler des mots que je ne puis happer ;
Gobe-mouche impuissant, mangé par un moustique,
Tête de turc gratis où chacun peut taper.

O musique céleste : entendre, sur du plâtre,
Gratter un coquillage ! un rasoir, un couteau
Grinçant dans un bouchon !... un couplet de théâtre !
Un os vivant qu'on scie ! un monsieur ! un rondeau !...

— Rien — Je parle sous moi... Des mots qu'à l'air je jette
De chic, et sans savoir si je parle en indou...
Ou peut-être en canard, comme la clarinette
D'un aveugle bouché qui se trompe de trou.

— Va donc, balancier soûl affolé dans ma tête !
Bats en branle ce bon tam-tam, chaudron fêlé
Qui rends la voix de femme ainsi qu'une sonnette,
Qu'un coucou !... quelquefois : un moucheron ailé...

— Va te coucher, mon cœur ! et ne bats plus de l'aile.
Dans la lanterne sourde étouffons la chandelle,
Et tout ce qui vibrait là — je ne sais plus où —
Oubliette où l'on vient de tirer le verrou.

— Soyez muette pour moi, contemplative Idole.
Tous les deux l'un par l'autre, oubliant la parole,
Vous ne me direz mot : je ne répondrai rien...
Et lors rien ne pourra dédorer l'entretien.

Le silence est d'or (Saint Jean Chrysostome).

FRÈRE ET SŒUR JUMEAUX

Ils étaient tous deux seuls, oubliés là par l'âge...
Ils promenaient toujours tous les deux, à longs pas,
Obliquant de travers, l'air piteux et sauvage...
Et deux pauvres regards qui ne regardaient pas.

Ils allaient devant eux essuyant les risées,
— Leur parapluie aussi, vert, avec un grand bec —
Serrés l'un contre l'autre et roides, sans pensées...
Eh bien, je les aimais — leur parapluie avec —

Ils avaient tous les deux servi dans les gendarmes :
La Sœur à la *popotte*, et l'Autre sous les Armes ;
Ils gardaient l'uniforme encor — veuf de galon ;
Elle avait la barbiche, et lui le pantalon.

Un dimanche de mai que tout avait une âme,
Depuis le champignon jusqu'au paradis bleu,
Je flânais aux bois seul, — à deux aussi : la femme
Que j'aimais comme l'air... m'en doutant assez peu.

— Soudain, au coin d'un champ, sous l'ombre verdoyante
Du parapluie éclos, nichés dans un fossé,
Mes Vieux Jumeaux, tous deux, à l'aube souriante,
Souriaient rayonnants... quand nous avons passés.

Contre un arbre, le vieux jouait de la musette,
Comme un sourd aveugle, et sa sœur dans un sillon,
Grelottant au soleil, écoutait un grillon
Et remerciait Dieu de son beau jour de fête.

— Avez-vous remarqué l'humaine créature
Qui végète loin du vulgaire intelligent,
Et dont l'âme d'instinct, au trait de la figure,
Se lit... — N'avez-vous pas aimé de chien couchant ?...

Ils avaient de cela. — De retour dans l'enfance,
Tenant chaud l'un à l'autre, ils attendaient le jour
Ensemble pour la mort comme pour la naissance...
— Et je les regardais en pensant à l'amour...

Mais l'Amour que j'avais près de moi voulut rire ;
Et moi, pauvre honteux de mon émotion,
J'eus le cœur de crier au vieux duo : Tityre ! —

. . . .

Et j'ai fait ces vieux vers en expiation.

LITANIE DU SOMMEIL

« J'ai scié le sommeil ! »
(Macbeth.)

Vous qui ronflez au coin d'une épouse endormie,
Ruminant ! savez-vous ce soupir : l'insomnie ?
— Avez-vous vu la nuit, et le Sommeil ailé,
Papillon de minuit dans la nuit envolé,
Sans un coup d'aile ami, vous laissant sur le seuil,
Seul, dans le pot-au-noir au couvercle sans œil !
Avez-vous navigué ?... La pensée est la houle
Ressassant le galet : ma tête... votre boule.
— Vous êtes-vous laissé voyager en ballon ?
— Non ? — Bien, c'est l'insomnie. — Un grand coup de talon
Là ! — vous voyez cligner des chandelles étranges
Une femme, une Gloire en soleil, des archanges...
Et, la nuit s'éteignant dans le jour à demi,
Vous vous réveillez coi, sans vous être endormi,

Sommeil ! écoute-moi : je parlerai bien bas :
Sommeil. — Ciel-de-lit de ceux qui n'en ont pas !

Toi qui planes avec l'Albatros des tempêtes,
Et qui t'assieds sur les casques-à-mèche honnêtes !
Sommeil ! — Oreiller blanc des vierges assez bêtes !
Et Soupape à secret des vierges assez faites !
— Moelleux Matelas de l'échine en arête !
Sac noir où les chassés s'en vont cacher leur tête !
Rôdeur de boulevard extérieur ! Proxénète !
Pays où le muet se réveille prophète !
Césure du vers long, et Rime du poète !

Sommeil ! — Loup-Garou gris ! Sommeil ! Noir de fumée !
Sommeil ! — Loup de velours, de dentelle embaumée !
Baiser de l'Inconnue, et Baiser de l'Aimée !
— Sommeil ! Voleur de nuit ! Folle-brise pâmée !
Parfum qui monte au ciel des tombes parfumées !

Carrosse à Cendrillon ramassant *les Traînées* !
Obscène Confesseur des dévotes mort-nées !

Toi qui viens, comme un chien, lécher la vieille plaie
Du martyr que la mort tiraille sur sa claie !

O sourire forcé de la crise tuée !
Sommeil ! Brise alizée ! Aurorale buée !

Trop plein de l'existence, et Torchon neuf qu'on passe,
Au CAFÉ DE LA VIE, à chaque assiette grasse !
Grain d'ennui qui nous pleut de l'ennui des espaces !
Chose qui cours encor, sans sillage et sans traces !
Pont-levis des fossés ! Passage des impasses !

Sommeil ! Caméléon tout pailleté d'étoiles !
Vaisseau-fantôme errant tout seul à pleines voiles !
Femme du rendez-vous, s'enveloppant d'un voile !
Sommeil ! — Triste Araignée, étends sur moi ta toile !

Sommeil auréolé ! féérique Apothéose,
Exaltant le grabat du déclassé qui pose !
Patient Auditeur de l'incompris qui cause !
Refuge du pécheur, de l'innocent qui n'ose !

Domino ! Diables-bleus ! Ange-gardien-rose !
Voix mortelle qui vibre aux immortelles ondes !
Réveil des échos morts et des choses profondes,
— Journal du soir : Temps, Siècle et Revue des Deux Monde

Fontaine de Jouvence et Borne de l'envie !
— Toi qui viens assouvir la faim inassouvie !
Toi qui viens délier la pauvre âme ravie,
Pour la noyer d'air pur au large de la vie !

Toi qui, le rideau bas, viens lâcher la ficelle
Du chat, du commissaire et de Polichinelle,
Du violoncelliste et de son violoncelle,
Et la lyre de ceux dont la Muse est pucelle !

Grand Dieu, maître de tout ! Maître de ma Maîtresse
Qui me trompe avec toi — l'amoureuse Paresse —
O Bain de voluptés ! Eventail de caresse !

SOMMEIL ! Honnêteté des voleurs ! Clair de lune
Des yeux crevés ! — SOMMEIL ! Roulette de fortune
De tout infortuné ! Balayeur de rancune !

O corde de pendu de la Planète lourde !
Accord éolien hantant l'oreille sourde !
— Beau Conteur à dormir debout : conte ta bourde !..
SOMMEIL ! — Foyer de ceux dont morte est la falourde!

SOMMEIL ! — Foyer de ceux dont la falourde est morte!
Passe-partout de ceux qui sont mis à la porte !
Face-de-bois pour les créanciers et leur sorte !
Paravent du mari contre la femme forte !

Surface des profonds ! Profondeurs des jocrisses !
Nourrice du soldat et soldat des nourrices !
Paix des juges de paix ! Police des polices !
SOMMEIL ! — Belle-de-nuit entr'ouvrant son calice !
Larve, Ver-Luisant et nocturne Cilice !
Puits de vérité de monsieur La Palisse !

Soupirail d'en haut ! Rais de poussière impalpable
Qui viens rayer du jour la lanterne implacable !

*

SOMMEIL ! — Ecoute-moi, je parlerai bien bas :
Crépuscule flottant de l'*Etre ou n'Être pas* !...

Sombre lucidité ! Clair-obscur ! Souvenir
De l'Inouï ! Marée ! Horizon ! Avenir !
Conte des *Mille et une Nuits* doux à ouïr !

Lampiste d'*Aladin* qui sais nous éblouir !
Eunuque noir ! muet blanc ! Derviche ! Djinn ! Fakir !
Conte de Fée où *le Roi* se laisse assoupir !
Forêt-vierge où *Peau-d'Ane* en pleurs va s'accroupir !
Garde-manger où l'*Ogre* encor va s'assouvir !
Tourelle où *ma sœur Anne* allait voir rien venir !
Tour où *dame Malbrouck* voyait page courir !
Où *Femme Barbe-Bleue* oyait l'heure mourir !
Où *Belle au Bois Dormant* dormait dans un soupir !

Cuirasse du petit ! Camisole du fort !
Lampion des éteints ! Éteignoir du remord !
Conscience du juste, et du pochard qui dort !
Contre-poids des poids faux de l'épicier du Sort !
Portrait enluminé de la livide Mort !

Grand fleuve où Cupidon va retremper ses dards !
Sommeil ! — Corne de Diane, et corne du cornard !
Couveur de magistrats et Couveur de lézards !
Marmite d'*Arlequin* ! — bout de cuir, lard, homard —
Sommeil ! Noce de ceux qui sont dans les beaux-arts.

Boulet des forcenés, Libertés des captifs !
Sabbat du somnambule et Relai des poussifs ! —

Somme ! Actif du passif et Passif de l'actif !
Pavillon de *la Folle* et *Folle* du poncif !...
— O viens changer de patte au cormoran pensif !

O brun Amant de l'Ombre ! Amant honteux du jour !
Bal de nuit où Psyché veut démasquer l'Amour !
Grosse Nudité du chanoine en jupon court !
Panier-à-salade idéal ! Banal four !
Omnibus où, dans l'Orbe, on fait pour rien un tour !

Sommeil ! Drame hagard ! Sommeil, molle Langueur !
Bouche d'or du silence et Bâillon du blagueur !
Berceuse des vaincus ! Perchoir des coqs vainqueurs !
Alinéa du livre où dorment les longueurs !

Du jeune homme rêveur singulier Féminin !
De la femme rêvant pluriel masculin !

Sommeil ! — Râtelier du Pégase fringant !
Sommeil ! — Petite pluie abattant l'ouragan !
Sommeil ! — Dédale vague où vient le revenant !
Sommeil ! — Long corridor où plangore le vent !

Néant du fainéant ! Lazzarone infini !
Aurore boréale au sein du jour terni !

Sommeil ! — autant de prix sur notre éternité !
Tour du cadran *à blanc* ! Clou du Mont-de-Piété !
Héritage en Espagne à tout déshérité !
Coup de rapière dans l'eau du fleuve Léthé !
Génie au nimbe d'or des grands hallucinés !
Nid des petits hiboux ! Aile des déplumés !

Immense vache à lait dont nous sommes les veaux !
Arche où le hère et le boa changent de peaux !
Arc-en-ciel miroitant ! Faux du vrai ! Vrai du faux !
Ivresse que la brute appelle le repos !
Sorcière de Bohême à sayon d'oripeaux !
Tityre sous l'ombrage essayant des pipeaux !
Temps qui porte un chibouck à la place de faux !
Parque qui met un peu d'huile à ses ciseaux !
Parque qui met un peu de chanvre à ses fuseaux !
Chat qui joue avec le peloton d'Atropos !

Sommeil ! — Manne de grâce au cœur disgracié !
. . . .

LE SOMMEIL S'ÉVEILLANT ME DIT : TU M'AS SCIÉ.

. . . .

*

Toi qui souffles dessus une épouse enrayée,
RUMINANT ! dilatant ta pupille éraillée,
Sais-tu ?... Ne sais-tu pas ce soupir — LE RÉVEIL ! —
Qui bâille au ciel, parmi les crins d'or du soleil
Et les crins fous de ta Déesse ardente et blonde ?...
— Non ?... — Sais-tu le réveil du philosophe immonde
— Le Porc — rognonnant sa prière du matin,
Ou le réveil, extrait d'âge de la catin ?...
As-tu jamais sonné le réveil de la meute ?
As-tu jamais senti l'éveil sourd de l'émeute,
Ou le réveil de plomb du malade fini ?
As-tu vu s'étirer l'œil des Lazzaroni ?...
Sais-tu ?... ne sais-tu pas le chant de l'alouette ?
— Non. Gluant sont tes cils, pâteuse est ta luette,
Ruminant ! Tu n'as pas l'INSOMNIE, éveillé ;
Tu n'as pas LE SOMMEIL, ô Sac ensommeillé !

(*Lits divers. — Une nuit de jour.*)

IDYLLE COUPÉE

Avril.

C'est très parisien, dans les rues,
Quand l'Aurore fait le trottoir,
De voir sortir toutes les Grues
Du violon, ou de leur boudoir...

Chanson pitoyable et gaillarde ;
Chiffons fanés papillotants,
Fausse note rauque et criarde
Et petits traits crus, turlutants ;

Velours râtissant la chaussée ;
Grande-duchesse mal chaussée,
Cocotte qui court becqueter
Et qui dit bonjour pour chanter...

J'aime les voir, tout plein légères,
Et, comme en façon de prières,
Entrer dire — Bonjour, gros chien
Au *merlan*, puis au pharmacien.

J'aime les voir, chauves, déteintes,
Vierges de seize à soixante ans,
Rossignoler pas mal d'absinthes,
Perruches de tout leur printemps ;

Et puis *payer le mannezuingue*
Au *Polyte* qui sert d'Arthur,
Bon jeune homme né *brandezingue*,
Dos-bleu sous la blouse d'azur.

— C'est au boulevard excentrique,
Au — BON RETOUR DU CHAMP DU NOR D —
Là : toujours vers le jus de trique,
Rose le nez des Croque-mort...

Moitié panache, moitié cire,
Nez croqués vifs au demeurant,
Et gais comme un enterrement...
— Toujours le petit *mort* pour rire ! —

Le voyou siffle — vilain merle —
Et le poète de charnier
Dans ce fumier cherche la perle,
Avec le peintre chiffonnier.

Tous les deux fouillent la pâture
De leur art... à coups de groins ;
Sûrs toujours de trouver l'ordure
— C'est le fonds qui manque le moins.

C'est toujours un fond chaud qui fume,
Et, par le soleil, lardé d'or...
Le rapin nomme ça : bitume ;
Et le marchand de lyre : accord.

— Ajoutez une pipe en terre
Dont la spirale fait les cieux...
Allez : je plains votre misère,
Vous qui trouvez qu'on trouve mieux !

C'est le *Persil* des gueux sans poses,
Et des riches sans un radis...
— Mais ce n'est pas pour vous, ces choses,
O provinciaux de Paris !...

Ni pour vous, essayeurs de sauces,
Pour qui l'azur est un ragoût !
Grands empâteurs d'emplâtres fausses,
Ne faisant rien, faisant partout !

— Rambranesque ! Raphaélique !
— Manet et Courbet au milieu —
... Ils donnent des noms de fabrique
A la pochade du bon Dieu !

Ces *Galimard cherchant la ligne*,
Et ces *Ducornet-né-sans-bras*,
Dont la blague, de chic, vous signe
N'importe quoi... qu'on ne peint pas.

Dieu garde encor l'homme qui glane
Sur le soleil du promenoir,
De flairer jamais la soutane
De la vieille dame au bas noir !

... On dégèle, animal nocturne,
Et l'on se détache en vigueur ;
On veut, aveugle taciturne,
A soi tout seul être blagueur,

Savates et chapeau grotesque
Deviennent de l'antique pur ;
On se colle comme une fresque
Enrayonnée au pied d'un mur.

Il coule une divine flamme
Sous la peau ; l'on se sent avoir
Je ne sais quoi qui fleure l'âme...
Je ne sais — mais ne veux savoir.

La Muse malade s'étire...
Il semble que l'huissier sursoit...
Soi-même on cherche à se sourire,
Soi-même on a pitié de soi.

Volez, mouches et demoiselles !...
Le gouapeur aussi vole un peu
D'idéal... Tout n'a pas des ailes...
Et chacun vole comme il peut.

— Un grand pendard, cocasse, triste,
Jouissait de tout ça, comme moi ;
Point ne lui demandais pourquoi...
Du reste — une gueule d'artiste —

Il reluquait surtout la tête
Et moi je reluquais le pié.
Jaloux... — pourquoi ? c'eût été bête,
Ayant chacun notre moitié. —

Ma béatitude nagée
Jamais, jamais n'avait bravé
Sa silhouette ravagée
Plantée au milieu du pavé...

— Mais il fut un Dieu pour ce drille :
Au soleil loupant comme ça,
Dessinant des yeux une fille...
— Un omnibus vert l'écrasa.

LE CONVOI DU PAUVRE

(Paris, le 30 avril 1873,
Rue Notre-Dame-de-Lorette.)

Ça monte et c'est lourd — Allons, Hue !
— Frères de renfort, votre main ?...
C'est trop !... et je fais le gamin ;
C'est mon Calvaire cette rue !

Depuis Notre-Dame-Lorette...
— Allons ! *la Cayenne* est au bout,
Frère ! du cœur ! encore un coup !...
— Mais mon âme est dans la charrette :

Corbillard dur à fendre l'âme,
Vers en bas l'attire un aimant ;
Et du piteux enterrement
Rit la Lorette notre dame...

C'est bien ça — splendeur et misère ! —
Sous le voile en trous a brillé

Un bout du tréteau funéraire ;
Cadre d'or riche... et pas payé.

La pente est âpre, tout de même,
Et les stations sont des *fours*,
Au tableau remontant le cours
De l'Elysée à la Bohême...

— Oui, camarade, il faut qu'on sue
Après son harnais et son art !...
Après les ailes : le brancard !
Vivre notre métier — ça tue...

Tués l'idéal et le râble !
Hue !... Et le cœur dans le talon !
. . . .
— Salut au convoi misérable
Du peintre écrémé du Salon !

— Parmi les martyrs ça te range ;
C'est prononcé comme l'arrêt
De Raphaël, peintre au nom d'ange,
Par le Peintre au nom de... Courbet !

DÉJEUNER DE SOLEIL

Bois de Boulogne, 1er mai.

Au Bois, les lauriers sont coupés,
Mais le *persil* verdit encore ;
Au *Serpolet*, petit coupés
Vertueux vont lever l'Aurore...

L'Aurore brossant sa palette :
Kh'ol, carmin et poudre de riz ;
Pour faire dire — la coquette —
Qu'on fait bien les ciels à Paris.

Par ce petit-lever de Mai,
Le Bois se croit à la campagne :
Et, fraîchement trait, le champagne
Semble de la mousse de lait.

Là, j'ai vu les *Chère Madame*
S'encanailler avec le frais...
Malgré tout prendre un vrai bain d'âme !
— Vous vous engommerez après. —

... La voix à la note expansive :
— Vous comprenez ; voici mon truc :
Je vends mes Memphis, et j'arrive...
— Cent louis!... — Eh, Eh ! Bibi... — Mon duc ?

On presse de petites mains :
— Tiens... assez pur cet attelage. —
Même les cochers, au dressage,
Redeviennent simples humains.

— Encor toi ! vieille *Belle-Impure* !
Toujours les pieds au plat, tu sors,
Dans ce déjeuner de nature,
Fondre un souper à huit ressorts... —

Voici l'école buissonnière :
Quelques maris jaunes de teint,
Et qui *rentrent dans la carrière*
D'assez bonne heure... le matin

Le lapin inquiet s'arrête,
Un sergent de ville s'assied,
Le sportsman promène sa bête,
Et le rêveur la sienne — à pied. —

Arthur même a presque une tête,
Son faux-col s'ouvre matinal...
Peut-être se sent-il poète,
Tout comme *Byron* — son cheval.

Diane au petit galop de chasse
Fait galoper les papillons
Et caracoler sur sa trace
Son Tigre et les vieux beaux Lions.

Naseaux fumants, grand œil en flamme,
Crins d'étalon : cheval et femme
Saillent de l'avant !...
— Peu poli.
— Pardon : *maritime*... et joli.

VEDER NAPOLI POI MORI

Voir *Naples et*... — Fort bien, merci, j'en viens.
— Patrie
D'Anglais en vrai, mal peints sur font bleu-perruquier !
Dans l'indigo l'artiste en tous genres oublie
Ce *Ne-m'oubliez-pas* d'outremer : le douanier.

— O Corinne !... ils sont là déclamant sur ma malle...
Lasciate speranza, mes cigares dedans !
— O Mignon !... ils ont tout éclos mon linge sale
Pour le passer au bleu de l'éternel printemps !

Ils demandent *la main*... et moi je la leur serre !
Le portrait de ma Belle, avec *morbidezza*,
Passe de mains en mains : l'inspecteur sanitaire
L'ausculte, et me sourit... trouvant *que c'est bien ça* !

Je venais pour chanter leur illustre guenille,
Et leur chantage a fait de moi-même un haillon !
Effeuillant mes faux-cols, l'un d'eux m'offre sa fille...
Effeuillant le faux-col de mon illusion !

— Naples ! panier percé des Seigneurs *Lazzarones*
Riches d'un doux ventre au soleil !
Polichinelles-Dieux, Rois pouilleux sur leurs trônes,
Clyso-pompant l'azur qui bâille leur sommeil !...

O Grands en rang d'oignons! Plantes de pieds en lignes,
Vous dont la parure est un sac, un aviron !
Fils réchauffés du vieux Phœbus ! Et toujours dignes
Des chansons de Musset, du mépris de Byron !...

— Chœurs de *Mazanielli*, Torses de mandolines !
Vous dont le métier est d'être toujours dorés
De rayons et d'amour... et d'ouvrir les narines,
Poètes de plein air ! O frères adorés !

Dolce Farniente !... — Non ! c'est mon sac !... il nage
Parmi ces asticots, comme un chien crevé ;
Et ma malle est hantée aussi... comme un fromage !
Inerte, ô Galilée ! et.. *E pur si muove...*

— Ne ruolze plus ça, toi, grand Astre stupide !
Tas de pâles voyous grouillant à se nourrir ;
Ce n'est plus le lézard, c'est la sangsue à vide...
— Dernier *lazzarone*, à moi la bon Dormir !

(Napoli — Dogana del porto.)

VÉSUVES ET Cie

Pompéïa-station — Vésuve, est-ce encor toi ?
Toi qui fis mon bonheur, tout petit, en Bretagne,
— Du bon temps où la foi transportait la montagne —
Sur un bel abat-jour, chez une tante à moi :

Tu te détachais noir, sur un fond transparent,
Et la lampe grillait les feux de ton cratère.
C'était le confesseur, dit-on, de ma grand'mère
Qui t'avait rapporté de Rome tout flambant...

Plus grand, je te revis à l'Opéra-Comique.
— Rôle jadis créé par toi : *Le Dernier Jour*
De Pompéï. — Ton feu s'en allait en musique,
On te soufflait ton rôle, et... tu ne fis qu'un four.

— Nous nous sommes revus : devant-de-cheminée,
A Marseille, en congé, sans musique, et sans feu :
Bleu sur fond rose, avec ta Méditterranée
Te renvoyant pendu, rose sur un champ bleu.

— Souvent tu vins à moi la première, ô Montagne !
Je te rends ta visite, exprès, à la campagne.
Le Vrai Vésuve est toi, puisqu'on m'a *fait* cent francs !

. . . .

Mais les autres petits étaient plus ressemblants.

Pompeï, avril.

SONETO A NAPOLI

ALL' SOLE, ALL' LUNA

ALL' SABATO, ALL' CANONICO E TUTTI QUANTI

— CON PULCINELLA —

Il n'est pas de samedi
Qui n'ait soleil à midi ;
Femme ou fille soleillant,
Qui n'ait midi sans amant !...

Lune, Bouc, Curé cafard
Qui n'ait tricone cornard !
— Corne au front et corde au seuil
Préserve du mauvais œil. —

... *L'Ombilic du jour* filant
Son macaroni brûlant,
Avec la tarentela :

Lucia, Maz'Aniello,
Santa-Pia, Diavolo,
— CON PULCINELLA. —

Mergelina-Venerdi, aprile 15.

A L'ETNA

Sicelides Musæ, paulo majora canamus.
Virgile.)

Etna — j'ai monté le Vésuve...
Le Vésuve a beaucoup baissé :
J'étais plus chaud que son effluve,
Plus que sa crête hérissé...

— Toi que l'on compare à la femme,..
— Pourquoi ? — Pour ton âge—? ou ton âme
De caillou cuit ?... — Ça fait rêver...
— Et tu t'en fais rire à crever ! —

— Tu ris jaune et tousses : sans doute,
Crachant un vieil amour malsain ;
La lave coule sous la croûte
De ton vieux cancer au sein.

— Couchons ensemble, Camarade !
Là — mon flanc sur ton flanc malade :
Nous sommes frères, par Vénus,
Volcan !...
Un peu moins... un peu plus...

(Palerme. — Août.)

LE FILS DE LAMARTINE
ET
DE GRAZIELLA

> « C'est ainsi que j'expiai par ces larmes
> « écrites la dureté et l'ingratitude de mon
> « cœur de dix-huit ans. Je ne puis jamais
> « relire ces vers sans adorer cette fraîche
> « image que rouleront éternellement pour
> « moi les vagues transparentes et plaintives
> « du golfe de Naples .. et sans me haïr moi-
> « même ; mais les âmes pardonnent là-haut.
> « La sienne m'a pardonné. Pardonnez-moi
> « aussi, vous! J'ai pleuré. »
>
> (LAMARTINE. — *Graziella.* — 1 fr 25 le vol.)

A l'île de Procide, où la mer de Sorrente
Scande un flot hexamètre à la fleur d'oranger,
Un Naturel se fait une petite rente
En *Graziellant* l'Étranger...

L'Étrangère surtout, confite en Lamartine,
Qui paye pour fluer, vers à vers, sur les lieux....

— Du *Cygne-de-Saint-Point* l'Homme a si bien la mine
Qu'on croirait qu'il va rendre un vers... harmonieux.

C'est un peintre inspiré qui lui trouva sa balle,
Sa balle de profit : — Oh mais ! dit-il, voilà !
Je te baptise, au nom de la couleur locale :
— Le Fils de Lamartine et de Graziella ! —

Vrai portrait du portrait de Raphaël fort triste (1)...
Fort triste, pressentant qu'il serait décollé
De sa toile, pour vivre en la peau du *Harpiste*
Ainsi que de son fils, raphaël raffalé.

— *Raphaël-Lamartine et fils* ! — O Fornarine-
Graziella ! Vos noms font de petits profits ;
L'écho dit pour deux sous : *Le Fils de Lamartine* !
Si Lamartine eût pu jamais avoir un Fils !

— Et toi, Graziella... toi, Lesbienne Vierge !
Nom d'amour, que, soprane, il a tant déchanté !...
Nom de joie !... et qu'il a pleuré — Jaune cierge —
Tu n'étais vierge que de sa virginité ?

(1) Lamartine avoue quelque part qu'un seul portrait lui ressemblait alors : Celui de Raphaël peint par lui-même.

— Dis : moins éoliens étaient, ô Grazielle,
Tes mâles d'Ischia que ce pieux Jocelyn
Qui tenait, à côté, la lyre et la chandelle...
Et, de loin, t'enterrait en chants de sacristain...

Ces souvenirs sont loin... Dors, va ! Dors sous les pierres
Que voit, n'importe où, l'étranger,
Où fait paître ton fils des familles entières
— Citron prématuré de ta Fleur d'Oranger. —

Dors — l'Oranger fleurit encore... encor se fane ;
Et la rosée et le soleil ont eu ses fleurs...
Le Poète apothicaire en a fait sa tisane :
Remède à vers ! remède à pleurs !

Dors — l'Oranger fleurit encore... et la mémoire
Des jeunes d'autrefois dont l'ombre est encor là,
Qui ne t'ont pas pêchée au fond d'une écritoire...
Et n'en pêchaient que mieux ! — dis, ô *picciola* !

— Mère de l'Antechrist de Lamartine-Père,
Aurore qui mourus sous un coup d'éteignoir,
Ton orphelin, posthume et de père et de mère,
Allait — quand tu naquis — déjà comme un vieux Soir.

Graziella ! — Conception trois fois immaculée...
D'un platonique amour, Messie et Souvenir,
Ce Fils avait vingt ans, quand, Mère inoculée,
Tu mourus à seize ans !... C'est bien tôt pour nourrir !

— Pour toi : c'est ta seule œuvre mâle, ô Lamartine,
Saint-Joseph de la Muse, avec elle couché,
Et l'aidant à vêler... par la grâce divine :
Ton fils avant la lettre est conçu sans péché !...

— Lui se souvient très peu de ces scènes passées...
Mais il *laisse le vent et le flot murmurer*,
Et l'étranger, plongeant dans ses tristes pensées...
En tirer un franc — pour pleurer !

Et, tout bas, il vous dit, de murmure en murmures :
Que sa fille ressemble à l'Autre... et qu'elle est là,
Qu'on peut pleurer, à l'heure, avec des rimes pures,
Et... — *pour cent sous, Signor* — nommer Graziella !

(Isola di Capri. — Gennaio.)

LIBERTA (1)

A la cellule IV BIS (prison royale de Gênes).

— Lasciate ogni. —
(DANTE).

O belle hospitalière
Qui ne me connais pas,
Vierge publique et fière
Qui m'as ouvert les bras !...
Rompant la longue chaîne,
L'eunuque m'a jeté
Sur ton sein royal, Reine !..,
— Vanité, vanité ! —

Comme la Vénus nue,
D'un bain de lait de chaux
Tu sors, blanche Inconnue,
Fille des noirs cachots
Où l'on pleure, d'usage...

(1) *Libertà*. Ce mot se lit au fronton de la prison à Gênes (?)

— Moi : jamais n'ai chanté
Que pour toi, dans ta cage,
Cage de la gaîté !

La misère parée
  Est dans le grand égout ;
Dépouillons la livrée
Et la chemise et tout !
Que tout mon baiser couvre
Ta franche nudité...
Vraie ou fausse, se rouvre
Une virginité !

— Plus ce ciel louche et rose
Ni ce soleil d'enfer !...
— Ta paupière mi-close,
Tes cils, barreaux de fer !
Ta ceinture-dorée,
De fer ! — Fidélité —
Et ta couche encastrée,
Tombeau de volupté !

A nos cœurs plus d'alarmes :
Libres et bien à nous !...

Sens planer les gendarmes,
Pigeons du rendez-vous ;
Et Cupidon-Cerbère
A qui la sûreté
De nos amours est chère...
Quatre murs ! — Liberté !

Ho ! l'Espérance folle
— Ce crampon — est au clou.
L'existence qui colle
Est collée à l'écrou.
Le souvenir qui hante
A l'huys est resté ;
L'huys n'a pas de fente...
— Oh le carcan ôté ! —

Laissons venir la Muse,
Elle osera chanter ;
Et, si le jeu t'amuse,
Je veux te la prêter...
Ton petit lit de sangle,
Pour nous a rajouté
Les *trois bouts du triangle* :
Triple amour ! — Trinité !

Plus d'huissiers aux mains sales !
Ni mains de chers amis !
Ni menottes banales !...
— Mon nom est *Quatre-Bis*. —
Hors la terrestre croûte,
Désert mal habité,
Loin des mortels je goûte
Un peu d'éternité.

— Prison, sûre conquête
Où le poète est roi !
Et boudoir plus qu'honnête
Où le sage est chez soi.
Cruche, au moins ingénue,
Puits de la vérité !
Vide, quand on l'a bue...
— Vase de pureté —

— Seule est ta solitude,
Et béats tes ennuis
Sans pose et sans étude...
Plus de jours, plus de nuits !
C'est tout le temps dimanche,
Et le far-niente

Dort pour moi sur la planche
De l'idéalité...

... Jusqu'au jour de misère
Où, condamné, je sors
Seul, ramer ma galère...
Là, n'importe où, dehors,
Laissant emprisonnée
A perpétuité
Cette fleur cloisonnée,
Qui fut ma liberté...

— Va : reprends, froide et dure,
Pour le captif oison,
Ton masque, ta figure
De porte de prison...
Que d'autres, basse race
Dont le dos est voûté,
Pour eux te trouve basse,
Altière déité !

(Cellule 4 *bis*. — Genova-la-Superba.)

HIDALGO!

Ils sont fiers, ceux-là !... comme poux sur la gale !
C'est à la don-juan qu'il vous *font* votre malle.
Ils ne sentent pas bon, mais ils fleurent le preux :
Valeureux vauriens, crétins chevaleureux !
Prenant sans demander — toujours suant la race, —
Et demandant un sol,— mais toujours pleins de grâce...

Là, j'ai fait le croquis d'un mendiant à cheval :
— Le Cid... un cid par un *été* de carnaval.

— Je cheminais — à pieds — traînant une compagne ;
Le soleil craquelait la route en blanc d'Espagne ;
Et *le cid* fut sur nous en un temps de galop...
Là, me pressant entre le mur et le garrot :
— Ah ! seigneur *Cavalier*, d'honneur ! sur ma parole !
Je mendie à genoux : un oignon... une obole—!... —
(Et son cheval paissait mon col.) — Pauvre animal,
Il vous aime déjà ! Ne prenez pas à mal...

— Au large ! — Oh ! mais : au moins votre bout de cigare !..
La Vierge vous le rende. — Allons : au large ! ou : gare ?
(Son pied nu prenait ma poche en étrier.)
— Pitié pour un infirme, ô seigneur cavalier...
—Tiens donc un sou...— Senor, que jamais je n'oublie
Votre Grâce ! Pardon, je vous ai retardé...
Senora : Merci, toi ! pour être si jolie...
Ma Jolie, et : Merci pour m'avoir regardé !

(Cosas de Espana).

PARIA

Qu'ils se payent des républiques,
Hommes libres ! — carcan au cou —
Qu'ils peuplent leurs nids domestiques !...
— Moi je suis le maigre coucou.

— Moi, — cœur eunuque, dératé
De ce qui mouille et ce qui vibre...
Que me chante leur Liberté,
A moi : toujours seul. Toujours libre.

— Ma Patrie... elle est par le monde ;
Et, puisque la planète est ronde,
Je ne crains pas d'en voir le bout...
Ma patrie est où je la plante :
Terre ou mer, elle est sous la plante
De mes pieds — quand je suis debout.

Quand je suis couché : ma patrie
C'est la couche seule et meurtrie
Où je vais forcer dans mes bras
Ma moitié, comme moi sans âme ;
Et ma moitié : c'est une femme...
Une femme que je n'ai pas.

— L'idéal à moi : c'est un songe
Creux ; mon horizon — l'imprévu,
Et le mal du pays me ronge...
Du pays que je n'ai pas vu.

Que les moutons suivent leur route,
De Carcassonne à Tombouctou...
— Moi, ma route me suit. Sans doute
Elle me suivra n'importe où.

Mon pavillon sur moi frissonne,
Il a le ciel pour couronne :
C'est la brise dans mes cheveux...
Et dans n'importe quelle langue
Je puis subir une harangue ;
Je puis me taire si je veux.

Ma pensée est un soufle aride :
C'est l'air. L'air est à moi partout.
Et ma parole est l'écho vide
Qui ne dit rien — et c'est tout.

Mon passé : c'est ce que j'oublie.
La seule chose qui me lie
C'est ma main dans mon autre main.
Mon souvenir — Rien — C'est ma trace.
Mon présent, c'est tout ce qui passe
Mon avenir — Demain... demain...

Je ne connais pas mon semblable ;
Moi, je suis ce que je me fais.
— *Le moi humain est haïssable...*
— Je ne m'aime ni ne me hais.

— Allons ! la vie est une fille
Qui m'a pris à son bon plaisir...
Le mien, c'est : la mettre en guenille,
La prostituer sans désir.

— Des Dieux ?... — Par hasard j'ai pu naître
Peut-être en est-il — par hasard...

Ceux-là, s'ils veulent me connaître,
Me trouveront bien quelque part,

— Où que je meure, ma patrie
S'ouvrira bien, sans qu'on l'en prie,
Assez grande pour mon linceul...
Un linceul encor : pour que faire ?...
Puisque ma patrie est en terre
Mon os ira bien là tout seul...

ARMOR

PAYSAGE MAUVAIS

Sables de vieux os — Le flot râle
Des glas : crevant bruit sur bruit...
— Palud pâle, où la lune avale
De gros vers pour passer la nuit.

— Calme de peste, où la fièvre
Cuit... Le follet damné languit.
— Herbe puante où le lièvre
Est un sorcier poltron qui fuit...

— La Lavandière blanche étale
Des trépassés le linge sale,
Au *soleil des loups*... — Les crapauds,

Petits chantres mélancoliques,
Empoisonnent de leurs coliques
Les champignons, leurs escabeaux.

(Marais de Guérande. — Avril.)

NATURE MORTE

Des coucous l'*Angelus* funèbre
A fait sursauter, à ténèbre,
Le coucou, pendule du vieux,

Et le chat-huant, sentinelle,
Dans sa carcasse, à la chandelle
Qui flamboie à travers ses yeux.

— Ecoute se taire la chouette...
— Un cri de bois : C'est *la brouette*
De la Mort, le long du chemin...

Et, d'un vol joyeux, la corneille
Fait le tour du toit où l'on veille
Le défunt qui s'en va demain.

(Bretagne. — Avril.)

UN RICHE EN BRETAGNE

O fortunatos nimium, sua si...
VIRGILE.

C'est le bon riche, c'est un vieux pauvre en Bretagne,
Oui, pouilleux de pavé sans eau pure et sans ciel !
— Lui, c'est un philosophe errant dans la campagne ;
Il aime son pain noir sec — pas beurré de fiel...
S'il n'en a pas : bonsoir. — Il connaît une crèche
Où la vache lui prête un peu de paille fraîche ;
Il s'endort, rêvassant planche-à-pain au milieu,
Et s'éveille au matin en bayant au Bon Dieu.
— *Panem nostrum*... — Sa faim a le goût d'espérance...
Un *Benedicite* s'exhale de sa panse ;
Il sait bien que pour lui l'œil d'en haut est ouvert
Dans ce coin d'où tomba la manne du désert
Et le pain de son sac...
Il va de ferme en ferme.
Et jamais à son pas la porte ne se ferme,

— Car sa venue est bien. — Il entre à la maison
Pour allumer sa pipe en soufflant un tison
Et s'assied. — Quand on a quelque chose, on lui donne ;
Alors, il se secoue et rit, tousse et rognonne
Un *Pater* en hébreu. Puis, son bâton en main,
Il reprend sa tournée en disant : à demain.
Le gros chien de la cour en passant le caresse...
— Avec ça, peut-on pas se passer de maîtresse ?...
Et, — qui sait, — dans les champs, un beau jour, la beauté
Peut s'amuser aussi à faire la charité...

— Lui, n'est pas pauvre : il est *Un Pauvre*, — et s'en content
C'est un petit rentier, moins l'ennui de la rente.
Seul, il se chante vêpre en berçant son ennui...
— Travailler — Pour que faire ?... On travaille pour lui
Point ne doit déroger, il perdrait la pratique ;
Il doit garder intact son vieux blason mystique.
— Noblesse oblige. — Il est saint : à chaque foyer
Sa niche est là, tout près du grillon familier.
Bon messager boiteux, il a plus d'une histoire
A faire froid au dos, quand la nuit est bien noire...
N'a-t-il pas vu, rôdeur, durant les clairs minuits
Dans la lande danser les *cornandons* maudits...

— Il est simple...peut-être. — Heureux ceux qui sont simples
A la lune, n'a-t-il jamais cueilli des simples ?...
— Il est sorcier peut-être... et, sur la mauvais seuil,
Pourrait, en s'en allant, jeter le mauvais œil...
— Mais non : mieux vaut porter bonheur ; dans les familles,
Proposer ou chercher des maris pour les filles.
Il est de noce alors ; très humble desservant
De *la part du bon-dieu*. — Dieu doit être content :
Plein comme feu Noé, son Pauvre est ramassé
Le lendemain matin au revers d'un fossé.

Ah, s'il avait été senti du doux Virgile...
Il eût été traduit par Monsieur Delille,
Comme un « *trop fortuné s'il connût son bonheur...* »

— Merci : ça le connaît, ce marmiteux seigneur !

(Saint-Thégonnec.)

SAINT TUPETU

DE

TU-PE-TU

C'est, au pays de Léon, une petite chapelle à saint Tupetu. (En breton : *D'un côté ou de l'autre*).

Une fois l'an, les croyants — fatalistes chrétiens — s'y rendent en pèlerinage, afin d'obtenir, par l'entremise du Saint, le dénoûment fatal de toute affaire nouée : la délivrance d'une maladie tenace ou d'une vache pleine ; ou, tout au moins, quelque signe de l'avenir : tel que c'est écrit là-haut. — *Puisque cela doit être, autant que cela soit de suite... d'un côté ou de 'autre.* — *Tupetu.*

L'oracle fonctionne pendant la grand'messe : l'officiant fait faire pour chacun, un tour à la *Roulette-de-chance*, grand cercle en bois fixé à la voûte et manœuvré par une longue corde que Tupetu tient lui-même dans sa main de granit. La roue, garnie de clochettes, tourne en carillonnant ; son point d'arrêt présage l'arrêt du destin : — *D'un côté ou de l'autre.*

Et chacun s'en va comme il est venu, quitte à revenir l'an prochain... *Ta-pe-tu* finit fatalement par avoir son effet.

Il est, dans la vieille Armorique,
Un saint — des saints le plus pointu —
Pointu comme un clocher gothique
Et comme son nom : TUPETU.

Son petit clocheton de pierre
Semble prêt à changer de bout...
Il lui faut, pour tenir debout,
Beaucoup de foi... beaucoup de lierre...

Et, dans sa chapelle ouverte, entre
— Tête ou pieds — tout franc Breton
Pour lui tâter l'œuf dans le ventre,
L'œuf du destin : C'est oui ? — c'est non ?...

— Plus fort que sainte Cunégonde —
Ou Cucugnan de Quilbignon...
Petit prophète au pauvre monde,
Saint de la veine ou du guignon,

Il tient sa *Roulette-de-chance*
Qu'il vous fait aller pour cinq sous ;
Ça dit, bien mieux qu'une balance,
Si l'on est dessus ou dessous.

C'est la roulette sans pareille,
Et les grelots qui sont parmi
Vont, là-haut, chatouiller l'oreille
Du coquin de Sort endormi.

Sonnette de la Providence,
Et serinette du Destin ;
Carillon faux, mais argentin ;
Grelottière de l'Espérance...

Tu-pe-tu ! — D'un bord ou de l'autre !
Tu-pe-tu ! — Banco. — Quitte ou tout !
Juge de paix sans patenôtre...
TUPETU, saint valet d'atout !

Tu-pe-tu ! — Pas de milieu !...
TUPETU, sorcier à musique,
Croupier du tourniquet mystique
Pour les macarons du Bon-Dieu !...

Médecin héroïque, il pousse
Le mourant à sauter le pas :
Soit dans la vie à la rescousse...
Soit, à pieds joints, en plein trépas :

— *Tu-pe-tu* ! cheval couronné !
— *Tu-pe-tu* ! qu'on saute ou qu'on butte
— *Tu-pe-tu* ! vieillard obstiné !...
Au bout du fossé la culbute !

TUPETU, saint tout juste honnête,
Petit Janus chair et poisson !
Saint confesseur à double tête,
Saint confesseur à double fond !...

— Pile-ou-face de la vertu,
Ambigu patron des pucelles
Qui viennent t'offrir des chandelles...
Jésuite ! tu dis : *Tu-pe-tu* !

LA RAPSODE FORAINE

ET

LE PARDON DE SAINTE-ANNE

La Palud, 27 août, jour du Pardon.

Bénite est l'infertile plage
Où, comme la mer, tout est nud.
Sainte est la chapelle sauvage
De Sainte-Anne-de-la-Palud,

De la Bonne Femme Sainte Anne,
Grand'tante du petit Jésus,
En bois pourri dans sa soutane,
Riche... plus riche que Crésus !

Contre elle la petite Vierge,
Fuseau frêle, attend l'*Angelus* ;
Au coin, Joseph, tenant son cierge,
Niche, en saint qu'on ne fête plus...

. . . .

C'est le *Pardon.* — Liesse et mystères —
Déjà l'herbe rase a des poux...
— *Sainte Anne, onguent des belles-mères !*
Consolation des époux !...

Des paroisses environnantes :
De Plougastel et Loc-Tudy,
Ils viennent tous planter leurs tentes,
Trois nuits, trois jours, — jusqu'au lundi.

Trois jours, trois nuits, la palud grogne,
Selon l'antique rituel,
— Chœur séraphique et chant d'ivrogne —
Le *CANTIQUE SPIRITUEL.*

***

Mère taillée à coups de hache,
Sout cœur de chêne dur et bon,
Tous l'or de ta robe se cache
L'âme en pièce d'un franc Breton !

*

— Vieille verte à face usée
Comme la pierre du torrent,
Par des larmes d'amour creusée,
Séchée avec des pleurs de sang !

*

— Toi, dont la mamelle tarie
S'est refait, pour avoir porté
La Virginité de Marie,
Une mâle virginité !

*

— Servante-maîtresse altière,
Très haute devant le Très-Haut,
Au pauvre monde pas fière,
Dame pleine de comme-il-faut !

*

— Bâton des aveugles ! Béquille
Des vieilles ! Bras des nouveau-nés !
Mère de madame ta fille !
Parente des abandonnés !

*

— O Fleur de la pucelle neuve !
Fruit de l'épouse au sein grossi !
Reposoir de la femme veuve...
Et du veuf Dame-de-merci !

*

Arche de Joachim ! Aïeule !
Médaille de cuivre effacé !
Gui sacré ! Trèfle quatre-feuille !
Mont d'Horeb ! Souche de Jessé !

*

O toi qui recouvrais la cendre,
Qui filais comme on fait chez nous,
Quand le soir venait à descendre,
*Tenant l'*ENFANT *sur tes genoux ;*

*

Toi qui fus là, seule, pour faire
Son maillot neuf à Bethléem,
Et là, pour coudre son suaire
Douloureux, à Jérusalem !...

*

Des croix profondes sont tes rides,
Tes cheveux sont blancs comme fils..
— Préserve des regards arides
Le berceau de nos petits-fils !

*

Fais venir et conserve en joie
Ceux à naître et ceux qui sont nés.
Et verse, sans que Dieu te voie,
L'eau de tes yeux sur les damnés !

*

Reprends dans leur chemise blanche
Les petits qui sont en langueur...
Rappelle à l'éternel Dimanche
Les vieux qui traînent en longueur

*

— Dragon-gardien de la Vierge,
Garde la crèche sous ton œil.
Que, près de toi, Joseph-concierge
Garde la propreté du seuil !

*

Prends pitié de la fille-mère,
Du petit au bord du chemin...
Si quelqu'un leur jette la pierre,
Que la pierre se change en pain !

*

— Dame bonne en mer et sur terre,
Montre-nous le ciel et le port,
Dans la tempête ou dans la guerre...
O Fanal de la bonne mort !

*

Humble : à tes pieds n'as point d'étoile,
Humble... et brave pour protéger !
Dans la nue apparaît ton voile,
Pâle auréole du danger.

*

— Aux perdus dont la vie est grise,
(—Sauf respect — perdus de boisson)
Montre le clocher de l'église
hemin de la maison.

*

Prête ta douce et chaste flamme
Aux chrétiens qui sont ici...
Ton remède de bonne femme
Pour les bêtes-à-corne aussi !

Montre à nos femmes et servantes
L'ouvrage et la fécondité...
— Le bonjour aux âmes parentes
Qui sont bien dans l'éternité !

*

Nous mettrons un cordon de cire,
De cire-vierge jaune autour
De ta chapelle et ferons dire
Ta messe basse au point du jour.

*

Préserve notre cheminée
Des sorts et du monde malin...
A Pâques te sera donnée
Une quenouille avec du lin.

*

Si nos corps sont puants sur terre,
Ta grâce est un bain de santé ;
Répands sur nous, au cimetière,
Ta bonne odeur de sainteté.

*

— A l'an prochain ! — Voici ton cierge
(C'est deux livres qu'il a coûté).
... Respects à Madame la Vierge,
Sans oublier la Trinité.

***

... Et les fidèles, en chemise,
Sainte Anne, ayez pitié de nous !
Font trois fois le tour de l'église
En se traînant sur leurs genoux

Et boivent l'eau miraculeuse
Où les Job teigneux ont lavé
Leur nudité contagieuse...
Allez : la Foi vous a sauvé ! —

C'est là que tiennent leurs cénacles
Les pauvres, frères de Jésus.
— Ce n'est pas la cour des miracles,
Les trous sont vrais : *Vide latus* !

Sont-ils pas divins sur leurs claies
Qu'auréole un nimbe vermeil,
Ces propriétaires de plaies,
Rubis vivants sous le soleil !...

En aboyant, un rachitique
Secoue un moignon désossé,
Coudoyant un épileptique
Qui travaille dans un fossé.

Là, ce tronc d'homme où croît l'ulcère,
Contre un tronc d'arbre où croît le gui.
Ici, c'est la fille et la mère
Dansant la danse de Saint-Guy.

Cet autre pare le cautère
De son petit enfant malsain :
— L'enfant se doit à son vieux père...
Et le chancre est un gagne-pain !

Là, c'est l'idiot de naissance,
Un *visité par Gabriel*,
Dans l'extase de l'innocence...
— L'innocent est près du ciel ! —

— Tiens, passant, regarde : tout passe...
L'œil de l'idiot est resté.
Car il est en état de grâce...
— Et la Grâce est l'Eternité ! —

Parmi les autres, après vêpre,
Qui sont d'eau bénite arrosés,
Un cadavre, vivant de lèpre,
Fleurit, souvenir des croisés...

Puis tous ceux que les Rois de France
Guérissaient d'un toucher de doigts...
— Mais la France n'a plus de rois,
Et leur dieu suspend sa clémence.

— Charité dans leurs écuelles !...
Nos aïeux ensemble ont porté
Ces fleurs de lis en écrouelles
Dont ces *choisis* ont hérité.

Miserere pour les ripailles
Des *Ankokrignets* et *Kakous* !...
Ces moignons-là sont des tenailles,
Ces béquilles donnent des coups.

Risquez-vous donc là, gens ingambes,
Mais gare pour votre toison :
Gare aux bras crochus ! gare aux jambes
En *kyriè-éleison* !

... Et détourne-toi, jeune fille,
Qui viens là voir et prendre l'air...
Peut-être, sous l'autre guenille,
Percerait la guenille en chair...

C'est qu'ils chassent là sur leurs terres !
Leurs peaux sont leurs blasons béants :
— Le droit du seigneur à leurs serres !...
Le droit du seigneur de céans ! —

Tas d'*ex-voto*'''' de carne impure,
Charnier d'élus pour les cieux,
Chez le Seigneur ils sont chez eux !
— Ne sont ils pas sa créature ?...

Ils grouillent dans le cimetière :
On dirait des morts déroutés
N'ayant tiré de sous la pierre
Que des membres mal reboutés.

— Nous, taisons-nous !... Ils sont sacrés.
C'est la faute d'Adam punie.
Le doigt d'En-haut les a marqués :
— La droite d'En-haut soit bénie !

Du grand troupeau boucs émissaires
Chargés des forfaits d'ici-bas,
Sur eux Dieu purge ses colères !...
— Le pasteur de Sainte-Anne est gras. —

. . . .

Mais une note pantelante,
Echo grelottant dans le vent,
Vient battre la rumeur bêlante
De ce purgatoire ambulant.

Une forme humaine qui beugle
Contre le *calvaire* se tient ;
C'est comme une moitié d'aveugle :
Elle est borgne, et n'a pas de chien...

C'est une rapsode foraine
Qui donne aux gens pour un liard
L'*Istoyre de la Magdalayne*,
Du *Juif-Errant* ou d'*Abaylar*.

Elle bâle comme une plainte,
Comme une plainte de la faim,
Et, longue comme un jour sans pain,
Lamentablement, sa complainte...

— Ça chante comme ça respire,
Triste oiseau sans plume et sans nid,
Vaguant où son instinct l'attire :
Autour des Bon-Dieu de granit...

Ça peut parler aussi, sans doute.
Ça peut penser comme ça voit :
Toujours devant soi la grand'route...
— Et, quand ç'a deux sous... ça les boit.

— Femme ? on dirait, hélas — sa nippe
Lui pend, ficelée en jupon ;
Sa dent noire serre une pipe
Eteinte... — Oh, la vie a du bon ! —

Son nom ?... ça se nomme Misère.
Ça s'est trouvé né par hasard.
Ça sera trouvé mort par terre....
La même chose — quelque part.

Si tu la rencontres, Poète,
Avec son vieux sac de soldat :
C'est notre sœur... donne — c'est fête —
Pour sa pipe, un peu de tabac !...

Tu verras dans sa face creuse
Se creuser, comme dans du bois,
Un sourire, et sa main galeuse
Te faire un vrai signe de croix.

CRIS D'AVEUGLE

Sur l'air bas-breton : *Ann hini goz*

L'œil tué n'est pas mort
Un coin le fend encor
Encloué je suis sans cercueil
On m'a planté le clou dans l'œil
L'œil cloué n'est pas mort
Et le coin entre encor

Deus misericors
Deus misericors
Le marteau bat ma tête en bois
Le marteau qui ferra la croix
Deus misericors
Deus misericors

Les oiseaux croque-morts
Ont donc peur à mon corps
Mon Golgotha n'est pas fini

Lamma lamma sabactani
Colombes de la Mort
Soiffez après mon corps

Rouge comme un sabord
La plaie est sur le bord
Comme la gencive bavant
D'une vieille qui rit sans dent
La plaie est sur le bord
Rouge comme un sabord

Je vois des cercles d'or
Le soleil blanc me mord
J'ai deux trous percés par un fer
Rougi dans la forge d'enfer
Je vois un cercle d'or
Le feu d'en haut me mord

Dans la moelle se tord
Une larme qui sort
Je vois dedans le paradis
Miserere De profundis
Dans mon crâne se tord
Du soufre en pleur qui sort

Bienheureux le bon mort
Le mort sauvé qui dort
Heureux les martyrs les élus
Avec la Vierge et son Jésus
O bienheureux le mort
Le mort jugé qui dort

Un Chevalier dehors
Repose sans remords
Dans le cimetière bénit
Dans sa sieste de granit
L'homme en pierre dehors
A deux yeux sans remords

Ho je vous sens encor
Landes jaunes d'Armor
Je sens mon rosaire à mes doigts
Et le Christ en os sur le bois
A toi je baye encor
O ciel défunt d'Armor

Pardon de prier fort
Seigneur si c'est le sort
Mes yeux deux bénitiers ardents

Le diable a mis ses doigts dedans
Pardon de crier si fort
Seigneur contre le sort

J'entends le vent du nord
Qui bugle comme un cor
C'est l'hallali des trépassés
J'aboie après mon tour assez
J'entends le vent du nord
J'entends le glas du cor

(Menez- Arrez.)

LA PASTORALE DE CONLIE

PAR UN MOBILISÉ DU MORBIHAN

Moral jeunes troupes excellent.
(Off.)

Qui nous avait levés dans le *Mois-noir* — Novembre —
Et parqués comme des troupeaux
Pour laisser dans la boue, au *Mois-plus-noir* — Décembre —
Des peaux de mouton et nos peaux !

Qui nous a lâchés là : vides, sans espérance,
Sans un levain de désespoir !
Nous entre-regardant, comme cherchant la France...
Comiques, fesant peur à voir !

— Soldats tant qu'on voudra !... soldat est donc un être
Fait pour perdre le goût du pain ?...
Nous allions mendier ; on vous envoyait paître :
Et... nous paissions à la fin !

— S'il vous plait : quelque chose à mettre dans nos bouches ?..
— Héros et bêtes à moitié ! —
... Ou quelque chose là : du cœur ou des cartouches..
— On nous a laissé la pitié !

L'aumône : on nous la fit — Qu'elle leur soit rendue,
A ces bienheureux uhlans soûls,
Qui venaient nous jeter une balle perdue...
Et pour rire !... comme des sous.

On eût dit un radeau de naufragés. — Misère —
Nous crevions devant l'horizon.
Nos yeux troubles restaient tendus vers une terre...
Un cri nous montait : Trahison !

— Trahison...c'est la guerre! On trouve à qui l'on crie!...
— Nous : pas besoin... — Pourquoi trahis ?...
J'en ai vu parmi nous, sur la Terre-Patrie,
Se mourir du mal du pays.

— Oh, qu'elle s'en allait morne, la douce vie !...
Soupir qui sentait le remord
De ne pouvoir serrer sur sa lèvre une hostie,
Entre ses dents la male-mort !...

— Un grand enfant nous vint, aidé par deux gendarmes
— Celui-là ne comprenait pas —
Tout barbouillé de vin, de sueur et de larmes,
Avec un *biniou* sous son bras.

Il s'assit dans la neige en disant : Ça m'amuse
De jouer mes airs ; laissez-moi. —
Et, le surlendemain, avec sa cornemuse,
Nous l'avons enterré. — Pourquoi !...

Pourquoi ? Dites-leur donc,vous du Quatre-Septembre,
A ces vingt mille croupissants !...
Citoyens décréteurs de victoires en chambre,
Tyrans forains impuissants !

— La parole est à vous — la parole est légère !...
La Honte est fille... Elle passa —
Ceux dont les pieds verdis sortent à fleur de terre
Se taisent... — Trop vert pour vous, ça !

— Ha ! Bordeaux, n'est-ce pas, c'est une riche ville...
Encore en France, n'est-ce pas ?...
Elle avait chaud partout votre garde mobile,
Sous les balcons marquant le pas !

résurrection de nos boutons de guêtres
Est loin pour vous faire songer ;
Et, vos noms, je les vois collés partout, ô Maîtres !...
— La honte ne sait plus ronger. —

— Nos chefs... ils faisaient bien de se trouver malades !
Armés en faux-turcs-espagnols,
On en vit quelques-uns essayer des parades
Avec la troupe des Guignols.

— *Le moral* : *excellent*. — Ces rois avaient des reines
Parmi leurs sacs-de-nuit de cour...
A la botte vernie il faut robes à traînes ;
La vaillance est sœur de l'amour.

— Assez ! — Plus n'en fallait de fanfare guerrière
A nous, brutes gardes-moutons,
Nous : ceux-là qui restaient simples, à leur manière,
Soldats, *catholiques*, *bretons*...

A ceux-là qui tombaient bayant à la bataille,
Ramas de vermine sans nom,
Espérant le premier qui vint crier : Canaille !
Au canon, la chair à canon !...

— Allons donc : l'abattoir ! — Bestiaux galeux qu'on
On nous fournit aux Prussiens ;
Et, nous voyant rouler-plat sous les coups de crosse,
Des Français aboyaient : Bons chiens !

Hallali ! ramenés ! — Les perdus... Dieu les compte, —
Abreuvés de banals dédains ;
Poussés, traînant au pied la savate et la honte,
Cracher sur nos foyers éteints.

. . . .

— Va ! toi qui n'es pas bue, ô fosse de Conlie !
De nos jeunes sangs appauvris
Qu'en voyant regermer tes blés gras, on oublie
Nos os qui végétaient, pourris,

La chair plaquée après nos blouses en guenille
— Fumier tout seul rassemblé...
— Ne mangez pas ce pain, mères et jeunes filles !
L'*ergot* de mort est dans le blé.

70

GENS DE MER

Point n'ai fait un tas d'océans
Comme les Messieurs d'Orléans,
Ulysses à vapeur en quête...
Ni l'Archipel en capitan ;
Ni le Transatlantique autant
Qu'une chanteuse d'opérette.

Mais il fut flottant, mon berceau,
Fait comme le nid de l'oiseau
Qui couve ses œufs sur la houle...
Mon lit d'amour fut un hamac ;
Et, pour tantôt, j'espère un sac
Lesté d'un bon caillou qui coule.

— Marin, je sens mon matelot
Comme le bonhomme Callot
Sentait son illustre bonhomme...
— Va, bonhomme de mer *mal fait !*
Va, Muse à la voix de rogomme !
Va, Chef-d'œuvre de cabaret !

MATELOTS

Vos marins de quinquets à l'Opéra... comique,
Sous un frac en bleu-ciel jurent « Mille sabords ! »
Et, sur les boulevards, le survivant chronique
Du *Vengeur* vend l'onguent à tuer les rats morts.
Le *Jûn'homme infligé d'un bras* — même en voyage —
Infortuné, chantant par suite de naufrage ;
La femme en bain de mer qui tord ses bras au flot
Et l'amiral *** — ce n'est pas matelot !

— Matelots — quelle brusque et nerveuse saillie
Fait cette *Race à part* sur la race faillie !
Comme ils vous mettent tous, *terriens*, au même sac !
— *Un curé dans ton lit, un' fill' dans mon hamac* ! —
. . . .

— On ne les connaît pas, ces gens à rudes nœuds.
Ils ont le mal de mer sur vos *planchers à bœufs* ;

A terre — oiseaux palmés — ils sont gauches et veules.
Ils sont mal culottés comme leur brûle-gueules.
Quand le roulis leur manque... ils se sentent rouler :
— *A terre, on a beau boire, on ne peut désoûler* !

— On ne les connaît pas.— Eux : que leur fait la terre ?...
Une relâche, avec l'hôpital militaire,
Des filles, la prison, des horions, du vin...
Le reste : Eh bien, après ? — Est-ce que c'est marin ?...

— Eux, ils sont matelots. — A travers les tortures,
Les luttes, les dangers, les larges aventures,
Leur *face-à-coups-de-hache* a pris un tic nerveux
D'insouciant dédain pour ce qui n'est pas Eux...
C'est qu'ils se sentent bien, ces chiens! Ce sont des mâles!
— Eux : l'Océan ! — et vous : les plates-bandes sales.
Vous êtes des *terriens*, en un mot, des *troupiers* :
— *De la terre de pipe et de la sueur de pieds* ! —

Eux sont les *vieux-de-cale* et *les frères-la-côte*,
Gens au cœur sur la main, et toujours la main haute ;
Des natures en barre ! — Et capables de tout...
— Faites-en donc autant !... Ils sont *de mauvais goût.*
— Peut-être... Ils ont chez vous des amours tolérées

Par un *grippe-Jésus* (1) accueillant leurs entrées...
— Eh ! faut-il pas du cœur au ventre quelque part,
Pour entrer en plein jour là — bagne-lupanar,
Qu'ils nomment le *Cap-Horn*, dans leur langue hâlée
— Le cap Horn, noir séjour de tempête gelée —
Et se coller en vrac, sans crampe d'estomac,
De la chair à chiquer — comme un nœud de tabac !

Jetant leur solde avec leur trop-plein de tendresse,
A tout vent, ils vont là comme ils vont à la messe...
Ces anges mal léchés, ces durs enfants perdus !
— Leur tête a du requin et du petit-Jésus.

Ils aiment à tout crin. Ils aiment plaie et bosse,
La Bonne-Vierge, avec le gendarme qu'on rosse ;
Ils font des vœux à tout... mais leur vœu caressé
A toujours l'habit bleu d'un *Jésus-christ* (2) rossé.

— Allez : ce franc cynique a sa grâce native...
Comme il vous toise un chef, à sa façon naïve !
Comme il connaît son maître:— *Un d'un seul bloc de bois*!

(1) *Grippe-Jésus* : petit nom marin du gendarme.
(2) *Jésus-Christ* : du même au même.

— *Un mauvais chien toujours qu'un bon enfant parfois* !

. . . .

— Allez : à bord, chez eux, ils ont leur poésie !
Ces brutes ont des chants ivres d'âme saisie
Improvisés aux quarts sur le gaillard d'avant...
— Ils ne s'en doutent pas, eux, poème vivant.

Ils ont toujours, pour leur *bonne-femme de mère*,
Une larme d'enfant, ces héros de misère :
Pour leur *Douce-Jolie*, une larme d'amour !...
Au pays — loin — ils ont, espérant leur retour,
Ces gens de cuivre rouge, une pâle fiancée
Que, pour la mer jolie, un jour ils ont laissée.
Elle attend vaguement... comme on attend là-bas.
Eux, ils portent son nom tatoué sur leur bras.
Peut-être elle sera veuve avant d'être épouse...
Car la mer est bien grande et la mer est jalouse. —
Mais elle sera fière, à travers un sanglot,
De pouvoir dire encore : — Il était matelot !...
— C'est plus qu'un homme aussi devant la mer géante,
Ce matelot entier !...

Piétinant sous la plante

De son pied marin le pont prêt de crouler :
Tiens bon ! Ça le connaît, ça va le dessoûler.
Il finit comme ça, simple dans sa grande allure,
D'un bloc: — *Un trou dans l'eau, quoi!.. pas de fioriture.* —

. . . .

On en voit revenir pourtant : bris de naufrage,
Ramassis de scorbut et hachis d'abordage...
Cassés, défigurés, dépaysés, perclus :
— Un œil en moins. — Et vous, en avez-vous en plus ?
— La fièvre jaune. — Eh bien, et vous, l'avez-vous rose ?
— Une balafre. — Ah, c'est signé !... C'est quelque chose !
— Et le bras en pantenne. — Oui, c'est un biscaïen ;
Le reste c'est le bel ouvrage au chirurgien.
— Et ce trou dans la joue ? — Un ancien coup de pique.
— Cette bosse ? — *A tribord* ?... excusez : c'est ma chique.
— Ca ? Rien : une *foutaise*, un pruneau dans la main,
Ça sert de baromètre, et vous verrez demain :
Je ne vous dis que ça, sûr, quand je sens ma crampe...
Allez, on n'en fait plus des coques de ma trempe !
On m'a pendu deux fois... —
Et l'honnête forban
Creuse un bateau de bois pour un petit enfant.

— Ils durent comme ça, reniflant la tempête,
Riches de gloire et de trois cents francs de retraite,
Vieux culots de gargousse, épaves de héros !...
—Héros ?—Ils riraient bien !...—Non, merci : matelots!

— Matelots ! — Ce n'est pas vous, jeunes *mateluches*,
Pour qui les femmes ont toujours des coqueluches...
Ah, les vieux avaient de plus fiers appétits !
En haussant leur épaule ils vous trouvent petits.
A treize ans ils mangeaient de l'Anglais, les corsaires !
Vous, vous n'êtes que des *pelletas* militaires...
Allez, on n'en fait plus de ces *purs*, *premier brin* !
Tout s'en va... tout ! La mer... elle n'est plus *marin* !
De leur temps, elle était plus salée et sauvage.
Mais, à présent, rien n'a plus de pucelage...
La mer... La mer n'est plus qu'une fille à soldats !...

— Vous, matelots, rêvez, en faisant vos cent pas
Comme dans les grands quarts... Paisible rêverie
De carcasse qui geint, de mât craqué qui crie...
— Aux pompes!...— Non... fini !—Les beaux jours ont pa
— *Adieu mon beau navire au trois mâts pavoisés* !

. . . .

Tel qu'une vieille coque au sec dégréée,
Où vient encor parfois clapoter la marée,
Ame-de-mer en peine est le vieux matelot,
Attendant, échoué... — quoi : la mort ?
— Non, le flot.

(Ile d'Ouessant. — Avril).

LE BOSSU BITORD (1)

Un pauvre petit diable aussi vaillant qu'un autre,
Quatrième et dernier à bord d'un petit *côtre*...
Fier d'être matelot et de manger pour rien,
Il remplaçait le *coq*, le mousse et le chien ;
Et comptait, comme ça, quarante ans de service,
Sur le *rôle* toujours inscrit comme *novice* ! —

... Un vrai bossu : cou tors et retors, très madré,
Dans sa coque il gardait sa petite influence ;
Car chacun sait qu'en mer un bossu porte chance...
— Rien ne f...iche malheur comme femme ou curé !
Son nom : c'était Bitord — nom de mer et de guerre —
Il disait que c'était un tremblement de terre
Qui, jeune et fait au tour, l'avait tout démoli :
Lui, son navire et des cocotiers... au Chili.

(1) Le *bitord* est un gros fil à voile tordu en double et goudronné.

. . . .

Le soleil est noyé. — C'est le soir — Dans le port
Le navire, bercé sur ses câbles, s'endort
Seul ; et le clapotis bas de l'eau morte et lourde
Chuchote un gros baiser sous sa carène sourde.
Parmi les yeux du brai flottant qui luit en plaque,
Le ciel miroité semble une immense flaque.

Le long des quais déserts où grouillait un chaos
S'étend le clame plat...
Quelques vagues échos...
Quelque novice seul, resté mélancolique,
Se chante son pays avec une musique...
De loin en loin répond le jappement hagard,
Intermittent, d'un chien de bord qui fait le quart,
Oublié sur le pont...
Tout le monde est à terre.
Les matelots farauds s'en sont allés — mystère ! —
Faire, à grands coups de gueule et de botte... l'amour
— Doux repos tant sué dans les labeurs du jour. —
Entendez-vous là-bas, dans les culs-de-sac louches,
Roucouler leur chanson ces tourtereaux farouches !...

— Chantez ! La vie est courte et drôlement cordée !...
Hâle à toi, si tu peux, une bonne bordée

A jouer de la fille, à jouer du couteau...
Roucoulez, mes Amours ! Qui sait : demain !... tantôt...

... Tantôt, tantôt... la ronde, en écrémant la ville,
Vous soulage en douceur quelque traînard tranquille
Pour le coller en vrac, léger échantillon,
Bleu saignant et vainqueur, au clou. — Tradition. —

. . . .

Mais les soirs étaient doux aussi pour le Bitord,
Il était libre aussi, maître et gardien à bord...
Lové tout de son long sur un rond de cordage,
Se sentant somnoler comme un chat... comme un sage,
Se repassant l'oreille avec ses doigts poilus,
Voluptueux, pensif, et n'en pensant pas plus,
Laissant mollir son corps dénoué de paresse,
Son petit œil vairon noyé de morbidesse !...

— Un *loustic* en passant lui caressait les os :
Il riait de son mieux et faisait le gros dos.

. . . .

Tout le monde a pourtant quelque bosse en la tête...
Bitord aussi — c'était de se payer la fête !

Et cela lui prenait, comme un commandement
De Dieu : vers la Noël, et juste une fois l'an.
Ce jour-là, sur la brune, il s'ensauvait à terre
Comme un rat dont on a cacheté le derrière...
— Tiens ; Bitord disparu. — C'est son jour de sabbats,
Il en a pour deux nuits : réglé comme un compas.
— C'est un sorcier, pour sûr... —
                    Aucun n'aurait pu dire,
Même on n'en riait plus ; c'était fini de rire.

Au deuxième matin, le *bordailleur* rentrait
Sur ses jambes en pieds-de-banc-de-cabaret,
Louvoyant bord-sur-bord...
                    Morne, vers la cuisine
Il piquait droit, chantant ses vêpres ou matine,
Et jetait en pleurant ses savates au feu...
— Pourquoi — nul ne savait, et lui s'en doutait peu.
... J'y sens je ne sais quoi d'assez mélancolique,
Comme un vague fumet d'holocauste à l'antique...

C'était la fin ; plus morne et plus tordu, le hère
Se reprenait hâler son bitord de misère...

. . . .

— C'est un soir, près Noël. — Le côtre est à bon port,
L'équipage au diable, et Bitord... toujours Bitord.
C'est le grand jour qu'il s'est donné pour prendre terre :
Il fait noir, il est gris. — L'or n'est qu'une chimère !
Il tient, dans un vieux bas de laine, un sac de sous...
Son pantalon à mettre et : — La terre est à nous ! —

... Un pantalon jadis *cuisse-de-nymphe-émue*,
Couleur tendre à mourir !... et trop tôt devenue
Merdoie... excepté dans les plis *rose d'amour*,
Gardiens de la couleur, gardiens du pur contour...

Enfin il s'est lavé, gratté — rude toilette !
— Ah! c'est que ce n'est pas, non plus, tous les jours de fête
Un cache-nez lilas lui cache les genoux.
— Encore un coup-de-suif ! et : La terre est à nous !
... La terre : un bouchon, quoi !... — Mais Bitord se sent ric
D'argent, comme un bourgeois : d'amour, comme un canic
— Pourquoi pas le *Cap-Horn*!(1)...Le sérail — Pourquoi pa
— Sirènes du *Cap-Horn*, vous lui tendez les bras !...

(1) . . . . . . Ce bagne-lupanar
Qu'ils nomment le *Cap-Horn*, dans leur langue halée
(*Les Matelots*, p. 215.)

. . . .

Au fond de la venelle est la lanterne rouge,
Phare du matelot, *Stella maris* du bouge...
— Qui va là ? — Ce n'est plus Bitord ! c'est un héros,
Un Lauzun qui se frotte aux plus gros numéros !...
C'est Triboulet tordu comme un ver par sa haine !...
Ou c'est Alain Chartier, sous un baiser de reine !...
Lagardère en manteau qui va se redresser !...
— Non : C'est un bienheureux honteux — Laisser passer.
C'est une chair enfin que ce bout de rognure !
Un partageux qui veut son morceau de nature.
C'est une passion qui regarde en dessous
L'amour... pour le voler !... — L'amour à trente sous !

— Va donc, Paillasse ! Et le trousse-galant t'emporte !
Tiens : c'est là !... C'est un mur — Heurte encor !... C'est la porte:
As-tu peur ! —
Il écoute... Enfin : un bruit de clefs,
Le judas darde un rais : — Hô, quoi que vous voulez ?
— J'ai de l'argent. — Combien es-tu ? Voyons ta tête...
Bon. Gare à n'entrer qu'un ; la maison est honnête ;
Fais voir ton sac un peu ? ...Tu feras travailler ?... —

Et la serrure grince, on vient d'entre-bâiller ;
Bitord pique une tête entre l'huys et l'hôtesse,
Comme un chien dépendu qui se rue à la messe.
— Eh, là-bas ! l'enragé, quoi que tu veux ici ?
Qu'on te f..iche droit, quoi ? pas dégoûté ! Merci !
Quoi qui te faut, bosco ?... des nymphes, des pucelles ?
Hop ! à qui le Mayeux—? Eh là-bas, les donzelles !...—

Bitord lui prit le bras : — Tiens, voici pour toi, gouine :
Cache-moi quelque part... tiens-là... C'est la cuisine.
— Bon. Tu m'en conduiras une... et propre ! combien ?
— Tire ton sac. — Voilà. — Parole ! il a du bien !...
Pours lors nous en avons du premier brin : *cossuses* ;
Mais on ne t'en a pas fait exprès des *bossuses*...
Bah ! la nuit tous les chats sont gris. Reste là voir,
Puisque c'est ton caprice ; as pas peur, c'est tout noir.

. . . .

Une porte s'ouvrit. C'est la salle allumée.
Silhouettes grouillant à travers la fumée :
Les amateurs beuglant, ronflant, trinquant, rendus ;
— Des Anglais, jouissant comme de vrais pendus,
Se cuvent, pleins de tout et de béatitude ;
— Des Yankees longs, et roide-soûls par habitude,
Assis en deux, et, tour à tour tirant au mur

Leur jet de jus de chique, au but, et toujours sûr ;
— Des Hollandais salés, lardés de couperose ;
— De blonds Norwégiens, hercules de chlorose ;
— Des Espagnols avec leurs figures en os ;
— Des baleiniers huileux comme des cachalots ;
— D'honnêtes caboteurs bien carrés d'envergures,
Calfatés de goudron sur toutes les coutures ;
— Des Nègres blancs, avec des mulâtres lippus ;
— Des Chinois, le chignon roulé sous un *gibus*,
Vêtus d'un frac flambant neuf et d'un parapluie ;
— Des chauffeurs venus là pour essuyer leur suie ;
— Des Allemands chantant l'amour en orphéon,
Leur patrie et leur chope... avec accordéon ;
— Un noble Italien jouant avec un mousse
Qui roule deux gros yeux sous sa tignasse rousse ;
— Des Grecs plats ; des Bretons à tête biscornue ;
— L'escouade d'un vaisseau russe, en grande tenue ;
— Des Gascons adorés pour leur galant bagoût...
Et quelques renégats — écume du ragoût. —

Là, plus loin dans le fond, sur les banquettes grasses
Des novices légers *s'affalent* sur les Grâces
De corvée... Elles sont d'un gras encourageant ;
Ça se paye au tonnage, on en veut pour l'argent...

Et, quand on *largue tout*, il faut que la viande
Tombe, comme un *hunier qui se déferle en bande* !

— On a des petits noms : *Chiourme*, *Jany-Gratis*,
Bout-dehors, *Fond-de-Vase*, *Anspeck*, *Garcette-à-ris*.
— C'est gréé comme il faut : satin rose et dentelle ;
Ils ne trouvent jamais la mariée assez belle...
— Du velours pour frotter à cru leur cuir tanné !
Et du fard, pour torcher leur baiser boucanné !...
A leurs ceintures d'or, faut ceinture dorée !
Allons ! — *Ciel moutonné, comme femme fardée*
N'a pas longue durée à ces Pachas d'un jour...
— *N'en faut du vin* ! *n'en faut du rouge* !... *et de l'amour*!
. . . .

Bitord regardait ça — comment on fait la joie —
Chauve-souris fixant les albatros en proie...
Son rêve fut secoué par une grosse voix :
— Eh, dis-donc, l'oiseau bleu, c'est-y fini ton choix ?
— Oui : (ses yeux verts brillaient la nuit de la cuisine)
... La grosse dame en rose avec sa crinoline !...
— Ça : c'est *Mary-Saloppe*, elle a son plein et dort. —
Lui, dégainant le bas qui tenait son trésor :
— Je te dis que je veux la belle dame rose !...
— Ç'a t'y du vice !... Ah ça : t'es porté sur la chose ?...

Pour avec elle, alors, tu feras dix cocus,
Dix tout frais de ce soir !... Vas-y pour tes écus
Et paye en double : On va t'*amatelotter*. Monte...
— Non ici...— Dans le noir?...allons! faut pas de honte!
— Je veux ici ! —Pas mèche, avec les règlements.
— Et moi je veux! — C'est bon... mais t'endors pas dedans...

Ohé là-bas ! debout au quart, *Mary-Saloppe* !
— Eh,c'est pas moi *de quart*! — C'est pour prendre une chope,
C'est rien *la corvée*... accoste : Il y a gras !
— De quoi donc? — Va, c'est un qu'a de l'or plein ses bas,
Un bossu dans son sac, qui veut pas qu'on l'évente...
— Bon : qu'y prenne son soûl, j'ai le mien ! j'ai ma pente.
— Va, c'est dans la cuisine...

— Eh ! voyons, toi, Bichon...
T'es tortu, mais j'ai pas peur d'un tire-bouchon !
Viens... Si ça t'est égal : éclairons la chandelle ?
— Non. — Je voudrais te voir, j'aime Polichinelle...
Ah ! je te tiens ; on sait jouer Colin-Maillard !...
La matrulle ferma la porte...
— Ah tortillard !...

. . . .

— Charivari ! — Pour qui ? — Quelle ronde infernale,

Quel paquet crevé roule en hurlant dans la salle ?...
— Ah, peau de cervelas ! ah, tu veux du chahut !
A poil ! A poil ! on va te *carêner* tout cru !
Ah, tu grognes, cochon ! Attends, tu veux la goutte :
Tiens son ballon !... Allons, avale-moi ça... toute !
Gare au grappin, il croche ! Ah ! le cancre qui mord !
C'est le diable bouilli !...

C'était l'heureux Bitord.

— Carognes, criait-il, molissez !... je régale...
— Carognes ?... Ah, roussin ! mauvais comme la gale !
Tu régales, Limonadier de la Passion ?
On te régalera, va ! double ration !
Pou crochard qui montait nous piquer nos *punaises* !
Cancre qui viens manger nos *peaux* !... Pas de foutaises.
Vous autres : Toi, *la mère*, apporte de là-haut,
Un grand tapis de lit, en double et comme-y faut !...
Voilà ! —

Dix bras tendus hâlent la couverture.
— Le *tortillou* dessus !... On va la danser dure ;
Saute, Paillasse ! hop là !... —

C'est que le matelot,
Bon enfant, est très dur quand il est *rigolo*.

Sa colère ! c'est bon. — Sa joie : ah, pas de grâce !...
Ces dames rigolaient...
— Attrape : pile ou face ?
Ah, le malin ! quel vice ! il échoue en côté ! —
... Sur sa bosse grêlaient, avec quelle gaîté !
Des bouts de corde en l'air sifflant comme couleuvres ;
Les sifflets de gabier, rossignols de manœuvres,
Commandaient et rossignolaient à l'unisson...
— Tiens bon !... —
Pelotonné, le pauvre hérisson
Volait, rebondissait, roulait. Enfin la plainte
Qu'il rendait comme un cri de poulie est éteinte...
— Tiens bon ! il fait exprès... Il est dur, l'entêté !...
C'est un lapin ! ça veut le jus plus pimenté :
Attends !... —
Quelques couteaux pleuvent... *Mary-Salope*
D'un beau mouvement, hèle : — A moi sa place ! — Tope
Amène tout en vrac ! largue !... —
Le jouet mort
S'aplatit sur la planche et rebondit encor...

Comme après un doux rêve, il rouvrit son œil louche
Et trouble... Il essuya, dans le coin de sa bouche,
Un peu d'écume avec sa chique en sang... — C'est bien;

C'est fini, matelot. Un coup de *sacré-chien* !
Ça vous remet le cœur ; bois !... —
Il prit avec peine
Tout l'argent qui restait dans son bon bas de laine
Et regardant *Mary-Saloppe* : — C'est pour toi...
Pour boire en souvenir....— Vrai! baise-moi donc, quoi!...
Vous autres, laissez-le, grands lâches ! mateluches !
C'est mon amant de cœur... on a ses coqueluches !
... Toi : file à l'embellie, en double, l'asticot :
L'échouage est mauvais, mon pauvre saligot !... —

Son œil marécageux, larme de crocodile,
La regardait encore... — Allons, mon garçon, file ! —
. . . .

C'est tout. Le lendemain, et jours suivants, à bord
Il manquait. — Le navire est parti sans Bitord. —

. . . .

Plus tard l'eau soulevait une masse vaseuse
Dans le dock. On trouva des plaques de vareuse,
Un cadavre bossu, ballonné, démasqué
Par les crabes. Et ça fut jeté sur le quai,

Tout comme l'autre soir, sur une couverture.
Restant de crabe, encore il servit de pâture
Au rire du public ; et les gamins d'enfants,
Jouant au bord de l'eau noire sous le beau temps,
Sur sa bosse tapaient comme sur un tambour
Crevé...
— Le pauvre corps avait connu l'amour.

(Marseille — La Joliette. — Mai)

LE RENÉGAT

Ça, c'est un renégat. Contumace partout :
Pour ne rien faire, ça fait tout.
Écumé de partout et d'ailleurs ; crâne et lâche,
Écumeur amphibie, à la course, à la tâche ;
Esclave, flibustier, nègre, blanc, ou soldat,
Bravo : fait tout ce qui concerne tout état ;
Singe, limier de femme... ou même, au besoin, femme ;
Prophète *in partibus*, à tant par kilo d'âme ;
Pendu, bourreau, poison, flûtiste, médecin,
Eunuque ; ou mendiant, un coutelas en main...

La mort le connaît bien, mais n'en a plus envie...
Recraché par la mort, recraché par la vie,
Ça mange de l'humain, de l'or, de l'excrément,
Du plomb, de l'ambroisie... ou rien — ce que ça sent. —

Son nom ? — Il a changé de peau, comme chemise...
Dans toutes langues c'est : Ignace ou Cydalyse,
Todos los santos... Mais il ne porte plus ça ;
Il a bien effacé son *T. F.* de forçat !...

— Qui l'a poussé... l'amour ? — Il a jeté sa gourme !
Il a tout violé : potence et garde-chiourme.
— La haine ? — Non. — Le vol ? — Il a refusé mieux.
— Coup de barre du vice ? — Il n'est pas vicieux ;
Non... dans le ventre il a de la fille-de-joie,
C'est un tempérament... un artiste de proie.

. . . .
Au diable même il n'a pas fait miséricorde.
— Hâle encore ! — Il a tout pourri jusqu'à la corde.
Il a tué toute *bête*, éreinté tous les coups...

Pur, à force d'avoir purgé tous les dégoûts.

(Baléares.)

AURORA

—

APPAREILLAGE D'UN BRICK CORSAIRE

« Quand l'on fut toujours vertueux
« L'on aime à voir lever l'aurore...

Cent vingts *corsairiens*, gens de corde et de sac,
A bord de la *Mary-Gratis* ont mis leur sac.
— Il est temps, les enfants ! on a roulé sa bosse...
Hisse ! — C'est le grand foc qui va payer la noce.
Etarque ! — Leur argent les fasse tous cocus !...
La drisse du grand-foc leur rendra leurs écus...
— Hisse hoé ! ...*C'est pas tant le gendarm' qué jé r'grette*!
— Hisse hoa !... *C'est pas ça* ! *Naviguons, mà brunette* !

Va donc *Mary-Gratis*, brick écumeur d'Anglais !
Vire à pic et dérape !... — Un coquin de vent frais
Largue, en vrai matelot, les voiles de l'aurore ;

L'écho des cabarets de terre beugle encore...
Eux répondent en chœur, perchés dans les huniers,
Comme des colibris au haut des cocotiers :
« *Jusqu'au revoir, la belle,*
« *Bientôt nous reviendrons...* »

Ils ont bien passé là quatre nuits de liesse,
Moitié sous le comptoir et moitié sur l'hôtesse...
« ... *Tâchez d'être fidèle,*
« *Nous serons bons garçons...*

— Évente les huniers !... *C'est pas ça qué je regrette...*
— Brasse et borde partout !... *Naviguons, ma brunette* !
— *Adieu, séjour de guigne*!... Et roule, et cours bon bord...
Va, la *Mary-Gratis* ! — au nord-est quart de nord. —

... Et la *Mary-Gratis*, en flibustant l'écume,
Bordant le lit du vent se gîte dans la brume.
Et le grand flot du large, en sursaut réveillé,
A terre va bâiller, s'étirant sur le roc :
Roul' ta bosse, tout est payé
Hiss' le grand foc !

. . . .

Ils cinglent déjà loin. Et, couvrant leur sillage,
La houle qui roulait leur chanson sur la plage,
Murmure sourdement, revenant sur ses pas :
— Tout est payé, la belle !... ils ne reviendront pas (1).

VARIANTE (1)

AQUARELLE

LE MATIN. EFFET DE PRINTEMPS

Appareillage de corsaire. De la rade de Binic.

Roul' ta boss' tout est payé,
Hiss' le grand foc! hiss' le grand foc!

Quatre-vingts corsairiens, des corsairiens de proie,
Avaient leur chique à bord de la *Fille de Joie*,
Une belle goélette, écumeuse d'Anglais.
..... Et l'on appareillait. — Un tout petit vent frais
Soulevait doucement la chemise d'Aurore.
L'écho des cabarets hurlait à terre encore
Et tous à bord chantaient, en larguant les huniers,
Comme des perroquets perchés dans des palmiers.
Ils avaient passé là quatre nuits de liesse
La moitié sous la table et moitié sur l'hôtesse.

Adieu, la belle, adieu ! — Va pour courir bon bord,
Va, la *Fille de Joie* ! au nord-est-quart de nord !.....
Et la *Fille de Joie* en frisottant l'écume,
Comme un fantôme blanc se couchant dans la brume,
Et le grand flot du large en sursaut égayé,
Mugissait en courant déferler sur le roc :
« Hiss' le grand foc ! hiss' le grand foc !
« Roul' ta bosse, tout est payé,
« Hiss' le grand foc ! ! !...

LE NOVICE EN PARTANCE

ET

SENTIMENTAL

A LA DÉCENTE DES MARINS CHEZ MARIJANE SERRE A BOIRE ET A MANGER COUCHE A PIEDS ET A CHEVAL.

DÉBIT

Le temps était si beau, la mer était si belle...
Qu'on dirait qu'y en avait pas.
Je promenais, un coup encore, ma Donzelle,
A terre, tous deux, sous mon bras.

C'était donc, pour du coup, la dernière journée.
Comme ça : ça m'était égal...
Ca n'en était pas moins la suprême tournée
Et j'étais sensitif pas mal.

... Tous les ans, plus ou moins, je relâchais près d'elle
— Un mois de mouillage à passer —
Et je la relâchais tout fraîchement fidèle...
Et toujours à recommencer.

Donc, quand la barque était à l'ancre, sans malice
J'accostais, novice vainqueur,
Pour mouiller un pied d'ancre, Espérance propice !...
Un pied d'ancre dans son cœur !

Elle donnait la main à manger mon décompte
Et mes avances à manger.
Car, pour un *mathurin* (1) faraud, c'est une honte
De ne pas rembarquer léger.

J'emportais ses cheveux, pour en cas de naufrage,
Et ses adieux au long-cours.
Et je lui rapportais des objets de sauvage,
Que le douanier saisit toujours.

Je me l'imaginais pendant les traversées,
Moi-même et naturellement.

(1) *Mathurin* : *Dumanet* maritime.

Je m'en imaginais d'autres aussi — censées
Elle — dans mon tempérament.

Mon nom mâle à son nom femelle se jumelle,
Bout-à-bout et par à peu-près :
Moi je suis Jean-Marie et c'est Mary-Jane elle...
Elle ni moi *n'ons* fait exprès.

... Notre chien de métier est chose assez jolie
Pour un leste et gueusard amant ;
Toujours pour démarrer on trouve l'embellie :
— Un pleur... Et saille de l'avant !

Et hisse le grand foc ! — la loi me le commande. —
Largue les *garcettes* (1), sans gant !
Etarque à bloc ! — L'homme est libre et la mer est gran
La femme : un sillage !... Et bon vent ! —

On a toujours, puisque c'est dans notre nature,
— Coulant en douceur, comme tout —
Filé son câble par le bout, sans *fignolure*...
Filé sont câble par le bout !

(1) *Garcettes*. — Bouts de cordes qui servent à serrer les voiles.

— File !... la passion n'est jamais défrisée,
— Evente tout et pique au nord !
Borde la brigantine et porte à la risée !...
— On prend sa capote et s'endort...

— Et file le parfait amour ! à ma manière,
— Ce n'est pas la bonne : tant mieux !
C'est encore la meilleure et dernière et première...
As pas peur d'échouer, mon vieux !

Ah ! la mer et l'amour ! — On sait — c'est variable...
Aujourd'hui : zéphyrs et houris !
Et demain.. c'est un grain : Vente la peau du diable !
Debout au quart ! croche des ris !...

— Nous fesons le bonheur d'un tas de malheureuses,
Gabiers-volants de Cupidon !...
Et la lame de l'ouest nous rince les pleureuses...
— Encor une ! et lave le pont !

. . . .

Comme ça moi je suis. Elle, c'était la rose
D'amour, et du débit d'ici...

Nous cherchions tous deux à nous dire quelque chose
De triste. — C'est plus propre aussi. —

... Elle ne disait rien — Moi : pas plus. — Et sans doute,
La chose aurait duré longtemps...
Quand elle dit, d'un coup, au milieu de la route :
— Ah Jésus ! comme il fait beau temps ! —

J'y pensais justement, et peut-être avant elle...
Comme avec un même cœur, quoi !
Donc, je dis à mon tour : — Oh ! oui, mademoiselle,
Oui... Les vents hâlent le *noroî*...

— Ah! pour où partez-vous? — Ah! pour notre voyage...
— Des pays mauvais ? — Pas meilleurs..
— Pourquoi? — Pour faire un tour, démoisir l'équipage...
Pour quelque part, et pas ailleurs :

New-York...Saint-Malo...—Que partout Dieu vous garde!
— Oh !... Le saint homme y peut s'asseoir ;
Ça c'est notre métier à nous, ça nous regarde :
Eveillatifs, l'œil au bossoir !

— Oh ! ne blasphémez pas ! Que la Vierge vous veille !

— Oui : que je vous rapporte encor
Une bonne Vierge à la façon de Marseille :
Pieds, mains, et tête et tout, en or ?...

— Votre navire est-il bon pour la mer lointaine ?
— Ah ! pour ça je ne sais pas trop,
Mademoiselle ; c'est l'affaire au capitaine,
Pas à vous, ni moi matelot.

— Mais le navire a-t-il un beau nom de baptême ?
— C'est un *brick*... pour son petit nom :
Une espèce de nom de dieu... toujours le même,
Ou de sa moitié : *Junon*...

—Je tremblerai pour vous, quand la mer se tourmente..
— Tiens bon, va ! la coque a deux bords...
On sait patiner ça ! comme on fait d'une amante...
— Mais les mauvais maux ?... — Oh! des sorts!

— Je tremble aussi que vous n'oubliiez mes tendresses,
Parmi vos reines de là-bas...
— Beaux cadavres de femme : oui ! mais noirs et singesses.
Et puis : voyez, là, sur mon bras

C'est l'*Hôtel de l'Hymen, dont deux cœurs en gargousse*
Tatoués à perpétuité !
Et *la petite bonne-femme en frac de mousse* :
C'est vous, en portrait... pas flatté.

— Pour lors, c'est donc demain que vous quittez ?... —P
— Déjà !... Peut-être après-demain.
— Regardez en appareillant, vers ma fenêtre :
On fera bonjour de la main.

— C'est bon. Jusqu'au retour de n'importe où, m'amie,
Du Tropique ou Noukahiva.
Tâchez d'être fidèle, et moi : sans avarie...
Une autre fois mieux ! — Adieu-vat !

(Brest-Recouvrance.)

LA GOUTTE

Sous un seul hunier — le dernier — à la cape,
Le navire était soûl ; l'eau sur nous faisait nappe.
— Aux pompes, faillis chiens! — L'équipage fit — non,

— Le hunier ! le hunier !...
C'est un coup de canon,
Un grand froufrou de soie à travers la tourmente.

—Le hunier emporté! — C'est la fin. Quelqu'un chante.—
— Tais-toi, Lascar ! — Tantôt. — Le hunier emporté...
— Pare le foc, quelqu'un de bonne volonté !...
— Moi. — Toi, lascar? — Je chantais ça, moi, capitaine.
— Va. — Non : la goutte avant? — Non, après. — Pas la peine

La grande tasse est là pour un coup... —
Pour braver,
Quoi ! mourir pour mourir et ne rien sauver...

-- Fais comme tu pourras: coupe.Et gare à la drisse!
— Merci —
D'un bond de singe il saute, de la lisse
Sur le beaupré noyé, dans les agrès pendants.
— Bravo ! —
Nous regardions, la mort entre les dents.

— Garçons, tous à la drisse ! à nous !... pare l'écoute !...
(Le coup de grâce enfin...) — Hisse! barre au vent toute!
Hurrah ! nous abattons !...
Et le foc déferlé
Redresse en un clin d'œil le navire acculé.
C'est le salut à nous qui bat dans cette loque
Fuyant devant le temps ! Encor paré la coque !
— Hurrah pour le lascar ! — Le lascar ?
— A la mer.
— Disparu ? — Disparu — Bon, ce n'est pas trop cher.
. . . .

— Ouf ! C'est fait. — Toi, Lascar! — moi, Lascar, capit
La lame m'a rincé de dessus la poulaine,
Le même coup de mer m'a ramené gratis...
Allons, mes poux n'auront pas besoin d'onguent-gris.

– Accoste, tout le monde ! Et toi, Lascar, écoute :
Nous te devons la vie... — Après ? — Pour ça ?... — La goutte !
Mais c'était pas pour ça, n'allez pas croire, au moins...
– Viens m'embrasser ! — Attrape à torcher les groins.
J'suis pas beau, capitain', mais, soit dit en famille,
Je vous ai fait plaisir plus qu'une belle fille !...

. . . .

Le capitaine mit, ce jour, sur son rapport :
– *Gros temps. Laissé porter. Rien de neuf à bord.* —

(A bord).

BAMBINE

Tu dors sous les panais, capitaine Bambine
Du remorqueur havrais l'*Aimable-Proserpine*,
Qui, vingt-huit ans, fis voir au Parisien béant,
Pour vingt sous : *L'OCEAN! L'OCÉAN!! L'OCÉAN!!*

Train de plaisir au large. — On double la jetée —
En rade : *y a-z-un peu d'gomme*...— Une mer démontée
Et *la cargaison* râle : — Ah ! commandant ! assez !
Assez, pour notre argent, de tempête ! cessez ! —

Bambine ne dit mot. Un bon coup de mer passe
Sur les infortunés : — Ah, capitaine ! grâce !...
— C'est bon...si ces messieurs et dam's ont leur content?
C'est pas pour mon plaisir, moi, v's'êt's mon chargement :
Pare à virer... —

Malheur (le coquin de navire
Donne en grand sur un banc...— Stoppe ! Fini de rire...
Et talonne à tout rompre, et roule bord sur bord,
Balayé par la lame : — A la fin, c'est trop fort !..

Et la *cargaison* rend des cris... rend tout ! rend l'âme.
Bambine fait les cent pas.
Un ange — une femme ! —
Le prend : — C'est ennuyeux ça, conducteur ! cessez !
Faites-moi mettre à terre, à la fin ! — c'est assez ! —

Bambine l'élongeant d'un long regard austère :
— A terre q'vous avez dit?... vous avez dit : à terre...
A terre ! pas dégoûtai !... Moi-z'aussi, foi d'mat'lot
J'voudrais ben!... attendu qu'si t'-ta-l'heure l'prim'flot
Ne soulag'pas la coqu', : vous et moi, mes princesses
J'bérons ben, sauf respect, la lavure éd'nos fesses ! —

Il reprit ses cent pas, tout à fait mal bordé :
—A terre!...j'crâis f..tre ben!Les femm's... pas dégoûté !

(Havre-de-Grâce. La Hève. — Août).

CAP'TAINE LEDOUX

—

A LA BONNE RELACHE DES CABOTEURS
VEUVE-CAP'TAINE GALMICHE
CHAUDIÈRE POUR LES MARINS — COOK-HOUSE
BRANDY — LIQŒUR
— POULIAGE —

Tiens, c'est l'cap'tain' Ledoux!.. Eh! quel bon vent vous po
— Un *bon frais*, m'am' Galmiche, à fair' plier mon pouce:
R'lâchés en avarie, en rade, avec mon *lougre*...
— Auguss' ! on se hiss' pas comme ça desur les g'noux
Des cap'tains !... — Eh, laissez, l'chérubin ! c'est à vous?
— Mon portrait craché hein?...— Ah...Ah! l'vilain p'tit bo

(Saint-Malo-de-l'Isle.)

LETTRE DU MEXIQUE

La Vera-Cruz, 10 février.

« Vous m'avez confié le petit. — Il est mort.
« Et plus d'un camarade avec, pauvre cher être,
« L'équipage... y en a plus. Il reviendra peut-être
« Quelsques-uns de nous. — C'est le sort —

« Rien n'est beau comme ça — Matelot — pour un homme ;
« Tout le monde en voudrait à terre — c'est bien sûr —
« Sans le désagrément. Rien que ça : voyez comme
« Déjà l'apprentissage est dur !

« Je pleure en marquant ça, moi, vieux *Frère-la-Cote.*
« J'aurais donné ma peau joliment sans façon
« Pour vous le renvoyer... Moi, ce n'est pas ma faute :
« Ce mal-là n'a pas de raison.

« La fièvre est ici comme Mars en carême.
« Au cimetière on va toucher sa ration.

« Le zouave a nommé ça — Parisien quand-même —
« *La jardin d'acclimatation.* »

« Consolez-vous.Le monde y crève comme des mouches
« ... J'ai trouvé dans son sac des souvenirs de cœur :
« Un portrait de fille, et deux petites babouches,
« Et : marqué — *Cadeau pour ma sœur.* —

« Il fait dire à *maman* : qu'il a fait sa prière.
« Au père : qu'il serait mieux mort dans un combat.
« Deux anges étaient là sur son heure dernière :
« Un matelot, un vieux soldat. »

Toulon, 24 mai.

LE MOUSSE

Mousse : il est donc marin, ton père ?...
— Pêcheur. Perdu depuis longtemps,
En découchant d'avec ma mère,
Il a couché dans les brisants...

Maman lui garde au cimetière
Une tombe — et rien dedans. —
C'est moi son mari sur la terre,
Pour gagner du pain aux enfants.

Deux petits. — Alors, sur la plage,
Rien n'est revenu du naufrage ?....
— Son garde-pipe et son sabot...

La mère pleure, le dimanche,
Pour repos... Moi : j'ai ma revanche
Quand je serai grand — matelot ! —

Baie des Trépassés.)

AU VIEUX ROSCOFF

Berceuse en Nord Ouest mineur.

Trou de flibustiers, vieux nid
A corsaire ! — dans la tourmente,
Dors ton bon somme de granit
Sur tes caves que le flot hante...

Ronfle à la mer, ronfle à la brise ;
Ta corne dans la brume grise.
Ton pied marin dans les brisans...
— Dors : tu peux fermer ton Œil borgne
Ouvert sur le large, et qui lorgne
Les Anglais, depuis trois cents ans.

— Dors, vieille coque bien ancrée ;
Les margats et les cormorans,
Tes grands poètes d'ouragans,
Viendront chanter à la marée...

— Dors, vieille fille à matelots ;
Plus ne te soûleront ces flots
Qui te faisaient une ceinture
Dorée ,aux nuits rouges de vin,
De sang, de feu ! — Dors... Sur ton sein
L'or ne fondra plus en friture.

— Où sont les noms de tes amants ?...
— La mer et la gloire étaient folles ! —
Noms de lascars ! noms de géants !
Crachés des gueules d'espingoles...

Où battaient-ils, ces pavillons,
Echarpant ton ciel en haillons !...
— Dors au ciel de plomb sur tes dunes...
Dors : plus ne viendront ricocher
Les boulets morts sur ton clocher
Criblé — comme un prunier — de prunes...

— Dors : sous les noires cheminées
Ecoute rêver tes enfants,
Mousses de quatre-vingt-dix ans,
Epaves des belles années...

. . . .

Il dort ton bon canon de fer,
A plat-ventre aussi dans sa souille,
Grêlé par les lunes d'hiver...
Il dort son lourd sommeil de rouille.
— Va : ronfle au vent, vieux ronfleur,
Tiens toujours ta gueule enragée
Braquée à l'Anglais !... et chargée
De maigre jonc-marin en fleur.

(Roscoff. — Décembre.)

LE DOUANIER

Élégie de corps-de-garde à la mémoire des douaniers gardes-côtes mis à la retraite le 30 novembre 1869

Quoi, l'on te fend l'oreille ! est-il vrai qu'on te rogne,
Douanier ?... Tu vas mourir et pourrir sans façon,
Gablou ?... — Non ! car je vais t'empailler — quiqu'en grogne ! —
Mais, sans te déflorer : avec une chanson ;
Et te coller ici, boucané de mes rimes,
Comme les varechs secs des herbiers maritimes.

— Ange-gardien culotté par les brises,
Pénate des falaises grises,
Vieux oiseau salé du bon Dieu
Qui flânes dans la tempête,
Sans auréole à la tête,
Sans aile à ton habit bleu !...

Je t'aime, modeste amphibie

Et ta bonne trogne d'amour,
Anémone de mer fourbie
Epanouie à mon *bonjour* !...
Et j'aime ton *bonjour*, brave homme,
Roucoulé dans ton estomac,
Tout gargarisé de rogomme
Et tanné de jus de tabac !
J'aime ton petit corps de garde
Haut perché comme un goéland
Qui regarde
Dans les quatre aires-du-vent.

Là, rat de mer solitaire,
Bien loin du contrebandier
Tu rumines ta chimère :
— Les galons de brigadier ! —

Puis un petit coup-de-blague
Doux comme un demi-sommeil...
Et puis bâiller à la vague,
Philosopher au soleil...

La nuit, quand fait la rafale
La chair de-poule au flot pâle,

Hululant dans le roc noir...
Se promène une ombre errante ;
Soudain : une pipe ardente
Rutile... — Ah ! douanier, bonsoir.

. . . .

— Tout se trouvait en toi : bonne femme cynique ;
Brantôme, Anacréon, Barème et le Portique ;
Homère-troubadour, vieille Muse qui chique ;
Poète trop senti pour être poétique !...
—Tout : sorcier, sage-femme et briquet phosphorique
Rose-des-vents, sacré gui, lierre bacchique,
Thermomètre à l'alcool, coucou droit à musique,
Oracle, écho, docteur, almanach, empirique,
Curé voltairien, huître politique...
— Sphinx d'assiette d'un sou, douanier, ton souvenir
Lisait le bordereau même de l'avenir !

— Tu connaissais Phœbé, Phébus, et les marées...
Les amarres d'amour sur les grèves ancrées
Sous le vent des rochers ; et tout amant fraudeur
Sous ta coupe passait le colis de son cœur...
— Tu reniflais le temps, quinze jours à l'avance,
Et les noces ; neuf mois... et l'état de la France.

Tu savais tous les noms, les cancans d'alentour,
Et de terre et de mer, et de nuit et de jour !...

Moi, je te disais ce que je savais écrire...
Et nous nous comprenions — tu ne savais pas lire —
Mais ta philosophie était un puits profond
Où j'aimais à cracher, rêveur... pour faire un rond.

. . . .

Un jour — ce fut ton jour ! — Je te vis redoutable :
Sous ton bras fiévreux cahotait la table
Où nageait, épars, du papier timbré ;
La plume crachait dans tes mains alertes,
Et sur ton front noir, tes lunettes vertes
Sillonnaient d'éclairs ton grand nez cabré...

— Contre deux rasoirs d'Albion perfide
Nous verbalisions ! tu verbalisais !
« *Plus les deux susdits... dont un baril vide...* »
J'avais composé, tu repolissais...

. . . .

— Comme un songe passé, douanier, ces jour de fête !
Fais valoir maintenant tes droits à la retraite...

—Brigadier, brigadier, vous n'avez plus raison !
-- Plus de longue journée à gratter l'horizon,
Plus de sieste au soleil, plus de pipe à la lune,
Plus de nuit à l'affût des lapins sur la dune...
Plus rien, quoi !... que la *goutte* et le ressouvenir...
-- Ah ! pourtant : tout cela c'est bien vieux pour finir !

-- Va, lézard démodé ! Faut passer, mon vieux type ;
Il faut te voir t'éteindre et s'éteindre ta pipe...
Passer, ta pipe et toi, parmi les vieux culots :
L'administration meurt, faute de ballots !...

Telle que, sans rosée, une sombre pervenche
Se replie, en closant sa corolle qui penche...
Telle, sans contrebande, on voit se replier
La capote gris-bleu, corolle du douanier !...

Quel sera désormais le terme du problèm :
— L'ennui contemplatif divisé par lui-même ? —
Quel balancier rêveur fera donc les cent pas,
Poète, san avoir qu'il ne s'en doute pas...
Qui ? sinon le douanier. — Hélas, qu'on me le rende !
Dussé-je pour cela faire la contrebande...

. . . .

— Non : fini !... réformé ! Va, l'oreille fendue,
Rendre au gouvernement ta pauvre âme rendue...
Rends ton gabion, rends tes *Procès-verbaux divers* ;
Rends ton bancal, rends tout, rends ta chique !...
et mes vers.

(Roscoff. — Novembre.)

LE NAUFRAGEUR

Si ce n'est pas vrai — que je crève !

. . . .

J'ai vu dans mes yeux, dans mon rêve,
La Notre-Dame des brisans
Qui jetait à ses pauvres gens
Un gros navire sur leur grève...
Sur la grève des Kerlouans
Aussi goélands que les goélands.

Le sort est dans l'eau : le cormoran nage,
Le vent bat en côte, et c'est le *Mois Noir*...
Oh ! moi ! je sens bien de loin le naufrage !
Moi, j'entends là-haut chasser le nuage !
Moi, je vois profond dans la nuit, sans voir !

Moi, je siffle quand la mer gronde,
Oiseau de malheur à poil roux !...

J'ai promis aux douaniers de ronde
Leur part, pour rester dans leurs trous...
Que je sois seul ! — oiseau d'épave
Sur les brisans que la mer lave...
. . . .
Oiseau de malheur à poil roux !

— Et qu'il vente la peau du diable !
Je sens ça déjà sous ma peau.
La mer moutonne !... Ho, mon troupeau !
— C'est moi le berger, sur le sable...

L'enfer fait l'amour. — Je ris comme un mort —
Sautez sous le *Hû* !.. le *Hû* des rafales,
Sur les *noirs taureaux sourds*, *blanches cavales* !
Votre écume à moi, *cavales d'Armor* !
Et vos crins au vent !... — Je ris comme un mort—

Mon père était un vieu *saltin*,
Ma mère ne vieille *morgate*....
Une nuit, sonna le tocsin :
— Vite à la côte : une frégate ! —
... Et dans la nuit, jusqu'au matin,
Ils ont tous rincé la frégate...

— Mais il dort mort le vieux *saltin* (1)
Et morte la vieille *morgate* (2)...
Là-haut, dans le paradis saint
Ils n'ont plus besoin de frégate.

(Banc de Kerlouan. — Novembre.)

(1) *Saltin* : pilleur d'épaves.
(2) *Morgate* : pieuvre.

A MON COTRE LE NÉGRIER

Vendu sur l'air de : *Adieu, mon beau Navire !...*

Allons ! file, mon côtre !
Adieu mon Négrier.
Va, file aux mains d'un autre
Qui pourra te noyer...

Nous n'irons plus sur la vague lascive
Nous gîter en fringuant !
Plus nous n'irons à la molle dérive
Nous rouler en rêvant...

— Adieu, rouleur de côtre,
Roule mon Négrier,
Sous les pieds plats de l'autre
Que tu pourras noyer.

Va ! nous n'irons plus rouler notre bosse...
Tu cascadais fourbu ;

Les coups de mer arrosaient notre noce,
Dis : en avons-nous bu !...

— Et va, noceur de côtre !
Noce, mon Négrier !
Que sur ton pont se vautre
Un noceur perruquier !

... Et, tous les crins au vent, nos chaloupeuses,
Ces vierges à sabords !
Te patinant dans nos courses mousseuses !...
Ah ! c'étaient les bons bords !...

— Va, pourfendeur de lames,
Pourfendre, ô Négrier !
L'estomac à des dames
Qui *paîront leur loyer*.

... Et sur le dos rapide de la houle,
Sur le roc au dos dur,
A toc de toile allait ta coque soûle...
— Mais toujours d'un œil sûr ! —

— Va te soûler, mon côtre :
A crever ! Négrier.
Et montre bien à l'autre
Qu'on savait louvoyer.

.. Il faisait beau quand nous mettions en panne,
Vent dedans vent-dessus ;
Comme on pêchait !... Va : je suis dans la panne
Où l'on ne pêche plus.

— La mer jolie est belle
Et les brisans sont blancs...
Penché, trempe ton aile
Avec les goélands !...

Et cingle encor de ton fin mat-de-flèche
Le ciel qui court au loin.
Va, qu'en glissant, l'algue profonde lèche
Ton ventre de marsouin !

— Va, sans moi, sans ton âme,
Et saille de l'avant !...
Plus ne battras ma flamme
Qui chicanait le vent.

Que la risée enfle encor ta *Fortune* (1)
En bandant tes agrès !
— Moi : plus d'agrès, de lest, ni de fortune...
Ni de risée après !

... Va-t'en, humant la brume
Sans moi, prendre le frais,
Sur la vague de plume...
Va ! — Moi j'ai trop de frais. —

Légère encore est pour toi la rafale
Qui frisotte la mer !
Va... — Pour moi seul, rafalé, la rafale
Soulève un flot amer !...

— Dans ton âme de côtre,
Pense à ton matelot
Quand, d'un bord ou de l'autre,
Remontera le flot...

(1) Large voile de beau temps

— Tu peux encore échouer ta carène
Sur l'humide varech ;
Mais moi j'échoue aux côtes de la gêne,
Faute de fond — à sec —

(Roscoff. — Août.)

LE PHARE

Phœbus, de mauvais poil, se couche,
Droit sur l'écueil :
S'allume le grand borgne louche,
Clignant de l'œil.

Debout, Priape d'ouragan,
En vain le lèche
La lame de rut écumant...
— Il tient sa mèche.

Il se mâte et rit de sa rage,
Bandant à bloc ;
Fier bout de chandelle sauvage
Plantée au roc !

— En vain, sur sa tête chenue,
D'amont, d'aval,
Caracole et s'abat la nue,
Comme un cheval...

— Il tient le lampion au naufrage,
Tout en rêvant,
Casse la mer, crève l'orage,
Siffle le vent,

Ronfle et vibre comme une trompe,
— Diapason
D'Eole — Il se peut bien qu'il rompe,
Mais plier, — non. —

Sait-il son Musset : A la brune
Il est jauni
Et pose juste pour la lune
Comme un grand I.

Là... gît debout une vestale
— C'est l'allumoir —
Vierge et martyr (sexe mâle)
— C'est l'éteignoir. —

Comme un lézard à l'eau-de-vie
Dans un bocal,
Il tirebouchonne sa vie
Dans ce fanal.

Est-il philosophe ou poète ?...
— Il n'en sait rien. —
Lunatique ou simplement bête ?...
— Ça se vaut bien. —

Demandez-lui donc s'il chérit
Sa solitude ?
— S'il parle, il répondra qu'il vit...
Par habitude.

. . . .

— Oh ! que je voudrais là, Madame,
Tous deux !... — veux-tu ? —
Vivre, dent pour œil, corps pour âme !...
— Rêve pointu. —

Vous percheriez dans la lanterne :
Je monterais...
— Et moi : ci-gît, dans la citerne...
— Tu descendrais. —

Dans le boyau de l'édifice
Nous promenant,

Et, dans *le feu* — sans artifice —
Nous rencontrant.

Joli ramonage... et bizarre,
Du haut en bas !
Entre nous... l'érection du phare
N'y tiendrait pas...

(*Les Triagois.* — **Mai.**)

LA FIN

Oh ! combien de marins, combien de capitaines
Qui sont partis joyeux pour des courses lointaines
Dans ce morne horizon se sont évanouis !...
. . . .

Combien de patrons morts avec leurs équipages !
L'Océan de leur vie a pris toutes les pages.
Et, d'un soufle, il a tout dispersé sur les flots.
Nul ne saura leur fin dans l'abime plongée...
. . . .

Nul ne saura leurs noms, pas même l'humble pierre,
Dans l'étroit cimetière où l'écho nous répond,
Pas même un saule vert qui s'effeuille à l'automne,
Pas même la chanson plantive et monotone
D'un aveugle qui chante à l'angle d'un vieux pont.
(V. Hugo. — *Oceano nox*.

Eh bien, tous ces marins — matelots,capitaines,
Dans leur grand Océan à jamais engloutis,
Partis insoucieux pour leurs courses lointaines,
Sont morts — absolument comme ils étaient partis.

Allons ! c'est leur métier ; ils sont morts dans leurs bottes!
Leur *boujaron* (1) au cœur, tout vifs dans leurs capotes...
— *Morts*... Merci : la *Camarde* a pas le pied marin ; —
Qu'elle couche avec vous : c'est votre bonne-femme...
— Eux, allons donc : Entiers ! enlevés par la lame !
Ou perdus dans un grain...

Un grain... est-ce la mort, ça ? La basse voilure
Battant à travers l'eau.! — Ça se dit *encombrer*...
Un coup de mer plombé, puis la haute mâture
Fouettant les flots ras — et ça se dit *sombrer*.

— Sombrer. — Sondez ce mot. Votre *mort* est bien pâle
Et pas grand'chose à bord, sous la lourde rafale...
Pas grand'chose devant le grand sourire amer
Du matelot qui lutte. — Allons donc, de la place ! —
Vieux fantôme éventé, la Mort change de face :
La Mer !...

Noyés ? — Eh allons donc ! les *noyés* sont d'eau douce.
— Coulés ! corps et biens ! Et, jusqu'au petit mousse,
Le défi dans les yeux, dans les dents le juron,
A l'écume crachant une chique râlée,

(1) *Boujaron* : ration d'eau-de-vie.

Buvant sans hauts-de-cœur *la grand' tasse salée.*
— Comme ils ont bu leur boujaron. —
. . . .

— Pas de fond de six pieds, ni rats de cimetière :
Eux, ils vont aux requins ! L'âme d'un matelot,
Au lieu de suinter dans vos pommes de terre,
Respire à chaque flot.

— Voyez à l'horizon se soulever la houle ;
On dirait le ventre amoureux
D'une fille de joie en rut, à moitié soûle...
Ils sont là ! — La houle a du creux. —

— Ecoutez, écoutez la tourmente qui beugle !...
C'est leur anniversaire. — Il revient bien souvent. —
O poète, gardez pour vous vos chants d'aveugle ;
— Eux : le *De profundis* que vous corne le vent.

... Qu'ils roulent infinis dans les espaces vierges !...
Qu'ils roulent verts et nus,
Sans clous et sans sapin, sans couvercle, sans cierges !...
— Laissez-les donc rouler, *terriens* parvenus !

(*A bord.* — 11 février.)

RONDELS POUR APRÈS

SONNET POSTHUME

Dors : ce lit est le tien... Tu n'iras plus au nôtre.
— Qui dort dîne. — A tes dents viendra tout seul le foin.
Dors : on t'aimera bien — L'aimé c'est toujours l'Autre...
Rêve : La plus aimée est toujours la plus loin...

Dors : on t'appellera beau décrocheur d'étoiles !
Chevaucheur de rayons !... quand il fera bien noir ;
Et l'ange du plafond, maigre araignée, au soir,
— Espoir — sur ton front vide ira filer ses toiles.

Museleur de voilette ! un baiser sous le voile
T'attend... on ne sait où : ferme les yeux pour voir.
Ris : les premiers honneurs t'attendent sous le poêle.

On cassera ton nez d'un bon coup d'encensoir,
Doux fumet ! pour la trogne en fleur, pleine de moelle
D'un sacristain très bien, avec son éteignoir.

RONDEL

Il fait noir, enfant, voleur d'étincelles !
Il n'est plus de nuits, il n'est plus de jours,
Dors... en attendant venir toutes celles
Qui disaient : Jamais ! Qui disaient toujours !

Entends-tu leurs pas ? Ile ne sont pas lourds :
Oh ! les pieds légers ! — l'Amour a des ailes...
Il fait noir, enfant, voleur d'étincelles !

Entends-tu leurs voix ?... Les caveaux sont sourds.
Dors : il pèse peu, ton faix d'immortelles :
Ils ne viendront pas, tes amis les ours,
Jeter leur pavé sur tes demoiselles :
Il fait noir, enfant, voleur d'étincelles !

DO, L'ENFANT DO

Buona vespre ! *Dors : Ton bout de cierge,*
On l'a posé là, puis on est parti.
Tu n'auras pas peur seul, pauvre petit ?...
C'est la chandelier de ton lit d'auberge.

Du fesse-cahier ne crains plus la verge,
Va !... De t'éveiller point n'est si hardi.
Buona sera ! *Dors : Ton bout de cierge...*

Est mort. — Il n'est plus, ici, de concierge :
Seuls, le vent du nord, le vent du midi
Viendront balancer un fil-de-la-Vierge.
Chut ! Pour les pieds-plats, ton sol est maudit.
— Buona notte ! *Dors : Ton bout de cierge...*

MIRLITON

Dors d'amour, méchant ferreur de cigales !
Dans le chiendent qui te couvrira
La cigale aussi pour toi chantera,
Joyeuse, avec ses petites cymbales.

La rosée aura des pleurs matinales ;
Et le muguet blanc fait un joli drap...
Dors d'amour, méchant ferreur de cigales !

Pleureuses en troupeaux passeront les rafales

La Muse camarde ici posera,
Sur ta bouche noire encore elle aura
Ces rimes qui vont aux moelles des pâles...
Dors d'amour, méchant ferreur de cigales.

PETIT MORT POUR RIRE

Va vite, léger peigneur de comètes !
Les herbes au vent seront tes cheveux ;
De ton œil béant jailliront les feux
Follets, prisonniers dans les pauvres têtes...

Les fleurs de tombeau qu'on nomme Amourettes
Foisonneront plein ton rire terreux...
Et les myosotis, ces fleurs d'oubliettes...

Ne fais pas le lourd · cercueils de poètes
Pour les croque-morts sont de simples jeux,
Boîtes à violon qui sonnent le creux...
Ils te croiront mort — les bourgeois sont bêtes —
Va vite, léger peigneur de comètes !

MALE-FLEURETTE

Ici reviendra la fleurette blême
Dont les renouveaux sont toujours passés...
Dans les cœurs ouverts, sur les os tassés,
Une folle brise, un beau jour, la sème...

On crache dessus . on l'imite même,
Pour en effrayer les gens très sensés...
Ici reviendra la fleurette blême,
— Oh ! ne craignez pas son humble anathème

Pour vos ventres mûrs, Cucurbitacés !
Elle connaît bien tous ses trépassés
Et, quand elle tue, elle sait qu'on l'aime...
— C'est la mâle fleur! la fleur de bohème. —

Ici reviendra la fleurette blême.

A MARCELLE

LA CIGALE ET LE POÈTE

Le poète ayant chanté,
Déchanté,
Vit sa Muse, presque bue,
Rouler en bas de sa nue
De carton, sur des lambeaux
De papiers et d'oripeaux.
Il alla coller sa mine
Aux carreaux de sa voisine,
Pour lui peindre ses regrets
D'avoir fait — Oh pas exprès !
Son honteux monstre de livre !...

Mais : vous étiez donc ivre ?
Ivre de vous !... Est-ce mal ?
Ecrivain public banal,
Qui pouviez si bien le dire...
Et, si bien, ne pas l'écrire !
— J'y pensais, en revenant...
On n'est pas parfait, Marcelle...
Oh ! — c'est tout comme, dit-elle,
Si vous chantiez ,maintenant !

APPENDICE

DEUX POEMES INÉDITS (1)

UNE MORT TROP TRAVAILLÉE

C'était à peu près un artiste,
C'était un poète à peu près,
S'amusant à prendre le frais
En dehors de l'humaine piste

Puis, écœuré de toute envie,
En équilibre sur la vie
Et ne sachant trop de quel bord...
Il se joua, lui, contre *un mort.*

Au *bac*... — Au bac à qui perd gagne
Il perdit, ou, comme on voudra.
Donc, dans trois mois, il se tûra !
Pour aller vivre à la campagne

(1) M. Martineau, qui a découvert cette pièce et la suivante dans un manuscrit, fait remarquer qu'on retrouve les quatre premiers vers, avec quelques variantes, dans le *Poète contumace.*

... Trois mois... Ce n'est pas qu'il se pleure...
C'est un avenir à vingt ans,
Trois mois pour dorer de bon temps
La pilule du grand quart d'heure...

Vingt-quatre heures, c'est l'ordinaire.
Mais lui faisait tout en flânant
Et voulait prendre de l'élan,
Puisqu'il n'avait qu'un saut à faire. —

Tant en prit (jusqu'à sa pantoufle,
Avant soi voulant tout laver)
Qu'enfin il lui restait de souffle,
Juste assez pour se le souffler.

Or, jusqu'au bout dans ses toilettes
Suivant ses instincts élégants,
Lâchant la vie avec des gants,
Prit la mort avec des pincettes.

Il fit donc faire en Angleterre
Deux fins pistolets de *Menton*,
L'un, pour s'appuyer au menton
Et l'autre pour faire la paire.

Le pistolet, c'est un peu bête —
Outil presque médicinal —
Mais, pour lui, ça n'allait pas mal
Qui manquait de plomb dans la tête.

Et, ma foi, pour se fondre l'âme,
C'est aussi neuf que le poison,
C'est aussi chaud que le charbon
Ou que le creuset d'une femme !

C'est une affaire de calibre,
De goût, de dégoût ou d'argent. —
Laissons-le donc trois mois chargeant
Ses pistolets. — Il est bien libre. —

Et puis, quels bijoux que ces armes
En acier mat, un peu trop sec.
Ça donnait un froid non sans charmes,
Frisson chaud à coucher avec !

Il les avait fait faire exprès,
Voulant dans son suprême excès
Que ce fût une bouche vierge
Qui lui mouchât son dernier cierge.

Il avait fait graver son nom
En spirale sur le canon,
Et comme autour d'un mirliton
Cet aphorisme simple et sage
En vers que je vous transcris tels :
« Ici, ce qui manque aux mortels
Pour savoir mourir, c'est l'usage.
Ces pistolets sont une pose.
Eh bien, posez comme il posa.
Allez, bourgeois, c'est quelque chose
De poser encor devant *ça* ! — ».

Il écrivit à sa maîtresse,
Comme on le fait en pareil cas...
— Et même quand on n'en a pas
Alors, c'est « Amanda » l'adresse. —

Lui pour que, sans pleurer ni rire, elle chantât,
Il lui mit ça sur l'air de « J'ai du bon tabac » :
« Mon rat,

« Lis-moi jusqu'au bout, lis ça comme un conte
« Je me suis tué pour tuer le temps.
« Je te lègue tout : comme fin de compte
« Je laisse après moi : vingt ans, dont 20 francs.

« Puis ces pistolets : l'un dans ta ruelle
« Avec mon amour, au mur accroché,
« Comme objet d'art et, que lui soit fidèle
« A ce dernier feu que j'aurai lâché.

« L'autre encor chargé, mets-le dans ma boîte,
« Réveille-matin réglé pour ma nuit,
« Dans cette couchette un peu trop étroite
« Pour mettre au pied ma descente de lit.

« Si tu m'as aimé, ne ris pas, ma Belle.
« Je ne me fais pas, va, d'illusions.
« Mais j'étais très mâle et toi très femelle
« Et tu m'as aimé... par convulsions.

« Si tu m'as aimé, qu'allais-je donc dire,
« Te donner peut-être des rendez-vous ?
« Tiens, je ris par chic, je veux, je veux rire !...
« Eh bien ! viens pendant qu'on mettra les clous. »

Il se demanda si son âme
Allait crever comme un abcès
Ou s'éteindre comme une flamme.
Puis il se dit : Eh bien ! après ?

Le moment venu (faiblesse physique)
Il s'ingurgita (c'est assez petit)
Un cruchon de rhum, toni-viatique,
Pour se mettre enfin plus en appétit. —

Il se mit devant son armoire à glace
(Chez le photographe il n'eût pas fait mieux)
Pour se voir un peu tomber avec grâce,
Se jetant encor de la poudre aux yeux.

Froid et brûlant baiser, il colla sur sa bouche
La bouche où son dernier soupir est arrêté !...
Il tombe, le coup part, suivi d'un éclair louche
Et la charge...
Excellente ; il s'est juste raté !

MORALE

Drôle de balle et drôle pistolet !
Il en porte aujourd'hui les marques :
Il est marchand de contremarques
A la porte du Châtelet.

PIÈCE SANS TITRE ET INACHEVÉE

Donc, Madame, une nuit, un jour que j'étais ivre,
Peut-être ivre de vous, j'ai voulu faire un livre
Et je prends un crayon, j'écris sur mes genoux,
Sur le vôtre peut-être — enfin c'est bien à vous
Et puis, par raccroc, qui sait, être un génie
Ou bien un (*illisible*), enfin toute ma vie
J'ai le droit de me taire et tout ce qui s'ensuit.
Je puis être bête à m'en réveiller la nuit.
Mais va, j'avais toujours dans mon drôle de livre
Un joli trait bizarre, un coup de crayon...

PARIS NOCTURNE (1)

C'est la mer, — calme plat. — Et la grande marée
Avec un grondement lointain s'est retirée...
Le flot va revenir se roulant dans son bruit.
Entendez-vous gratter les crabes de la nuit ?

(1) Cette pièce et la suivante ont été publiées par M. Ajalbert dans le *Figaro* du 31 mai 1890.

C'est le Styx asséché : le chiffonnier Diogène,
La lanterne à la main, s'en vient avec sans-gêne.
Le long du ruisseau noir, les poètes pervers
Pêchent : leur crâne creux leur sert de boîte à vers.

C'est le champ : pour glaner les impures charpies
S'abat le vol tournant des hideuses harpies ;
Le lapin de gouttière à l'affût des rongeurs
Fuit les fils de Bondy, nocturnes vendangeurs.

C'est la mort : la police gît. — En haut l'amour
Fait sa sieste, en tétant la viande d'un bras lourd
Où le baiser éteint laisse sa plaque rouge.
L'heure est seule. Ecoutez : pas un rêve ne bouge.

C'est la vie : écoutez, la source vive chante
L'éternelle chanson sur la terre gluante
D'un dieu marin tirant ses membres nus et verts
Sur le lit de la Morgue... et les yeux grands ouverts.

PARIS DIURNE

Vois aux cieux le grand rond de cuivre rouge luire,
Immense casserole où le bon Dieu fait cuire
La manne, l'arlequin, l'éternel plat du jour :
C'est trempé de sueur et c'est trempé d'amour.

Les laridons en cercle attendent près du four,
On entend vaguement la chair rance bruire,
Et les soiffards aussi sont là, tendant leur buire ;
Le marmitteux grelotte en attendant son tour.

Crois-tu que le soleil frit donc pour tout le monde
Ces gras graillons grouillants qu'un torrent d'or inonde?
Non, le bouillon de chien tombe sur nous du ciel.

Eux sont sous le rayon et nous sous la gouttière.
A nous le pot au noir qui froidit sans lumière.
Notre substance à nous, c'est notre poche à fiel.

LA SCIE D'UN SOURD (*Variante*) (1)

Le médecin lui dit : « — Très bien restons-en là,
« Le traitement est fait : vous êtes sourd — voilà
« Comme quoi vous avez cet organe de perdu. »
Et Lui comprit trop bien, n'ayant rien entendu.

« C'est très drôle, mon Dieu, vous daignez donc me rendre
« Le cerveau comme un bon cercueil,

(1) Les cinq pièces suivantes ont été copiées par M. Martineau sur un *brouillon* de Tristan Corbière, On les comparera aux pièces correspondantes des *Amours Jaunes* dont elles diffèrent sur nombre de points.

« Par raccroc, à crédit, je vais pouvoir entendre
« Comme je fais le reste : — *à l'œil* ! —

« Mais gare à l'œil. Alors ! jaloux, gardant la place
« De l'oreille au clou... Non, à quoi sert de braver,
« Moi qui sifflais si haut le ridicule en face ?
« En face et bassement, il pourra me baver.

« Je suis un mannequin à fil banal. — Demain
« Dans la rue un ami peut me prendre la main,
« En me disant:—Vieux pot!...vieille huître! En radouci.
« Et je lui répondrai : — Pas mal et vous, merci !

« C'est un bonnet de laine enfoncé sur mon âme
« Et (coup de pied de l'âne, hue !) une bonne femme
« Sous mon nez peut me plaindre à pleins cris,à pleins co
« Sans que je puisse au moins lui marcher sur ses cors.

« Bête comme une vierge et fier comme un lépreux,
« Quand je suis dans le monde,on dit: Est-ce un gâteux,
« Est-ce un anthropophobe, un poète à rebours ? — »
« Et en haussant l'épaule:«Ah! ça non, c'est un sourd. »

« Ridicule tourment d'un Tantale acoustique !
« Il voit voler des mots que je voudrais manger
« Comme un crève-de-faim reluque la boutique
« D'un restaurant *chicard*, au lieu d'un boulanger.

« Oh ! que ne puis-je encore entendre, sur du plâtre,
« Une coquille d'huître ; un rasoir, un couteau
« Grinçant dans un bouchon ou limant de l'albâtre,
« Un os vivant qu'on scie, un discours, un piano !

« Mon revolver, encor, me pourrait à l'oreille
« Cracher un demi-mot, comme un vague écho lourd
« Dans la suite à demain. Mais demain ne s'éveille
« Jamais... jamais, demain est encor bien plus sourd.

« Va donc, balancier soûl affolé dans ma tête,
« Bats, en pantenne, à faux, ce vieux tam-tam fêlé
« Pour qui la voix de femme est comme une sonnette
« Ou, si le timbre est doux, un moucheron ailé.

. . . .

« Je lâche ma pensée en mots qu'en l'air je jette
« De chic et sans savoir si je parle en *Indou*
« Ou peut-être en *Canard* comme la clarinette
« D'un aveugle trop bu qui se trompe de trou.

VIEUX FRÈRE ET SŒUR JUMEAUX (*Variante*.

Ils étaient tous deux — seuls — oubliés là par l'âge...
Ils cheminaient toujours, tous les deux, à longs pas,
Longs et poilus tous deux, l'air piteux et sauvage,
Et deux pauvres regards qui ne regardaient pas.

Ils avaient tous les deux servi dans les gendarmes :
La sœur à la marmite et l'Autre sous les armes.
Sa sœur le débottait, astiquait les boutons.
Elle avait la moustache et l'Autre les chevrons.

Un dimanche de mai que tout avait une âme,
Qu'un Dieu bon respirait dans le paradis bleu,
Je flânais dans les bois — seul — seul avec la femme
Que j'aimais — pauvre diable — et qui s'en doutait peu.

De sa manche le vieux tirant une musette,
Soufflait comme un sourd et sa sœur dans un sillon,
Grelottant au soleil, écoutait un grillon
Et remerciait Dieu de son beau jour de fête.

Pauvre virginité ! — ô retour dans l'enfance,
Tenant chaud l'un à l'autre ils attendaient le jour,
Ensemble pour la mort, comme pour la naissance...
Dites-moi, vieux jumeaux, cela vaut bien l'amour ?

Mais celle que j'avais à mon bras voulut rire,
Et moi, pour rire aussi de mon émotion,
J'eus le cœur d'appeler les vieux jumeaux : — Tityre !
. . . .
Et j'ai fait ces vieux vers en expiation !

UN RICHE EN BRETAGNE (*Variante*)

Savez-vous ce que c'est qu'un vieux pauvre en Bretagne
Vous, pouilleux de pavé sans eau pure et sans ciel ?
Lui, c'est un philosophe errant dans la campagne ;
Son pain noir est bien sec, mais pas beurré de fiel,
Et quand il n'en a pas, il va dans une crèche ;
Une vache lui prête un peu de paille fraîche ;
Il s'endort rêvassant pour demain un bon Dieu,
Et, le matin, se lève en bâillant au ciel bleu.

. . . .

Voilà tout ! — Quand on a quelque chose, on lui donne.
Il rit et se secoue, alors, tousse et rognonne
Un *pater* en latin, et la canne à la main
Il reprend sa tournée en disant : à demain.

. . . .

S'il faisait quelque chose, il perdrait la pratique.
Il doit garder intact son vieux blason mystique ;
Il faut qu'il soit un *pauvre*. — Au coin de tout foyer,
Il a son trou, tout près du grillon familier.
Il porte les cancans, il sait plus d'une histoire
A faire froid au dos, quand la nuit est bien noire...
Et, l'on ne sait pas trop, on dit que, sur le seuil,
Il peut bien vous jeter, s'il veut, le mauvais œil.

Mais il n'est pas méchant, il va dans les familles
Proposer ou chercher un parti pour les filles.
Alors il est de noce, on le place au milieu
Du gala ; c'est pour lui qu'est *la part-du-bon-Dieu.*
Dieu doit être content, car il est ramassé
Toujours le lendemain au revers du fossé.
Ah ! s'il avait été connu du doux Virgile,
Il eut été classé par Monsieur Delille
Comme un « *trop fortuné s'il connut son bonheur* ».

Il le connaît, allez ! ce marmiteux seigneur.

(MONTAGNE D'ARREZ).

« VEDERE NAPOLI E MORIRE ! » (*Variante*)

Ici l'on peut mourir, c'est Naples, l'Italie !
O caisse d'orangers qui sont des citronniers !
Ah ! sur ton sein l'artiste en tous genres oublie
— De déclarer sa malle. — Ah ! voici les douaniers...

O madame de Staël !... Qu'ont-ils fait de ma malle ?
Lasciate speranza, mes cigares dedans !
O Mignon ! ils ont tout éclos mon linge sale !
Pour le passer au bleu de l'éternel printemps.

Ah ! voici mes amis, les seigneurs *Lazzarones*,
Riches d'un doux ventre au soleil,
Des poètes sans vers et des rois sans couronnes,
Clyso-pompant l'azur qui bâille dans leur ciel.

Oh ! leur *Farniente*... — Non, c'est encor ma malle !
Non ; c'est mon sac de nuit qu'à trente ils ont crevé.
Ils grouillent tout autour comme poux sur la gale :
Ils ne l'enlèvent pas, *è pur si muove* !

Ne les ruolze plus, va, grand soleil stupide,
Tas de jaunes voyous, ça cherche à se nourrir. —
Ce n'est plus le lézard, c'est la sangsue à vide. —
Va, *povero*, ne pas voir Naples et dormir !

AU VÉSUVE (*Variante*)

Railway di Pompeia. — C'est moi, Vésuve, et Toi ?
Est-ce toi cette fois, cette bonne montagne ?
Toi que je vis jadis tout petit, en Bretagne,
Sur un bel abat-jour, chez une tante à moi.

O toi qui vins à moi la première, ô montagne !
Je viens à toi, te voir exprès, à la campagne.
Le vrai Vésuve est toi, l'on m'a volé vingt francs :
Mais les autres, c'est drôle... étaient plus ressemblants

Dans les poèmes de Corbière qui furent publiés par *La Vie Parisienne*, on trouve encore un assez grand nombre de variantes de quelque intérêt. En outre la *Pastorale de Conlie* débute par ces deux strophes qui ont disparu de l'édition des *Amours Jaunes* :

Puisque, de nouveau, vous faites la Bretagne
Moins par plaisir que par état,
Vous n'avez pas le temps d'aller à la campagne,
N'est-ce pas, maître Gambetta ?

Et vous avez brûlé la plaine de Conlie
Où votre rappel a battu,
Où l'écho nous eût dit le passé qu'on oublie
Sur l'air : *Soldat t'en souviens-tu ?*...

FIN

TABLE

Saint-Amand (Cher). — Imp. Bussière

COLLECTION " PAGES CHOISIES "

Dans cette collection nous réunissons les plus belles Pages des meilleurs écrivains de ce temps.

Ont déjà paru, PAGES CHOISIES de :

LAURENT TAILHADE	Vers et Prose 1 v. in-12	12.»
CHARLES MORICE	Vers et Prose 1 v. in-12	12.»
JEAN DOLENT	Préf. de CH. MORICE. .	12.»
RENÉ GHIL	Avant propos de G. BRUNET, N. BUREAU, P. JAMATI. 1 vol. in-12 .	15.»
PAUL VERLAINE	Poésies Religieuses, Choix préfacé par J. K. HUYSMANS. . .	12.»

www.ingramcontent.com/pod-product-compliance
Lightning Source LLC
LaVergne TN
LVHW020610110826
845149LV00002B/431

* 9 7 8 2 3 2 9 0 3 4 8 6 7 *